鴨ぱりぱり

料理人季蔵捕物控

和田はつ子

時代小説文庫

角川春樹事務所

目次

第一話　秋魚《あきうお》めし

一

江戸の秋風は次々に美味を運んでくる。新米の便りが届き、たいていの魚に脂がのる。日本橋は木原店《きはらだな》の塩梅屋《あんばいや》では夏の終わりから初秋を経て、中秋、晩秋へと移るのに合わせて旬の魚を用いたご飯物を多く客たちに供している。

塩梅屋の主季蔵《あるじとしぞう》は、常に時季に応じた安くて美味《うま》い口福を期待する客たちのための料理に余念がなかった。

さて、今は戻り鰹《がつお》の飯料理である。

訪れ来る秋の涼風に恋がれる暑さの極みの立秋を過ぎてしばらくすると、戻り鰹の旬となる。

脂がたっぷりとのっている戻り鰹は、秋鰹と呼ばれ、もっちりした食感を好む一部の食通を除いて、江戸っ子たちが女房を質に入れても食したいと願う初鰹に比べるほどの人気は無く、おおむね安価で手に入った。

「おいら、こんな美味い鰹飯はないと思うんだけどな」

皿に取った戻り鰹の手こね鮨《ずし》を、掻《か》き込み続けていた三吉《さんきち》がひとまず箸《はし》を止めて呟《つぶや》いた。

塩梅屋では客に供する前に必ず昼の賄いで試食する。

戻り鰹の手こね鮨は、昆布《こんぶ》を入れて炊《た》き上げて冷ました酢飯に、小指の先ほどの厚みに切ったヅケの戻り鰹と、縦半分の斜め切りにして塩を振ったキュウリ、千切りにして水にさらした生姜《しょうが》、青紫蘇《あおじそ》を加えて杓文字《しゃもじ》で混ぜ、すり胡麻《ごま》と千切った焼き海苔《のり》をふわりとかけて仕上げる。

ちなみに醬油《しょうゆ》に酒、味醂《みりん》、すりおろした生姜を混ぜた中に、刺身用に下ろして切り揃《そろ》えた鰹を漬け置いたものが鰹のヅケである。

「ほんとね、でも、あたしはヅケのまま食べたいくらいよ」

おき玖《く》が大きく頷《うなず》いた。

身籠《みご》もってからというもの、おき玖は実家《さと》である塩梅屋にほぼ毎日、八丁堀《はっちょうぼり》の役宅から通ってきている。

これは悪阻《つわり》が酷《ひど》かった時に端を発している。

「お饅頭《まんじゅう》にお煎餅《せんべい》、食べ出すと止まらないのよね。気持ち悪くなって戻しちゃっても、今度はカステーラにお醬油味の焼き団子がもう食べたくて食べたくて——、そしてまたまた戻して——こういうの、お腹《なか》の中の子によくないでしょ？　だから、旦那《だんな》様がちゃーんと、胃の腑《ふ》におさまる食べ物を季蔵さんにお願いするようにって——」

おき玖の夫は南町奉行所定町廻《ぶぎょうしょじょうまちまわ》り同心の伊沢蔵之進《いざわくらのしん》で、

「おき玖を頼む、この通りだ」

季蔵はその蔵之進に頭を下げられていた。

以来、おき玖は昼間、ほとんどの時を塩梅屋で過ごしていた。

悪阻が治まった頃《ころ》、季蔵を手伝おうとしたことがあったが、すぐに青い顔になってしまい、

「あたし、駄目だわ。何か、食べ物の匂《にお》いを嗅《か》ぐと悪阻がぶり返すみたい」

思わず洩《も》らし、

「どうぞ、お嬢さんは二階でお休みになっていてください」

季蔵に促され、これ幸いとばかりに、独り身だった頃に起居していた階上でごろ寝を決め込んだ。

そのくせ、料理が仕上がり試食に呼ばれて階下へ下りると、

「凄《すご》いっ」

三吉が目を丸くするほどの食欲だった。

いつだったか、おき玖が二階に居る時、

「おき玖お嬢さん、食べ物の匂いが駄目なのに、どうして、あんなに食べられるのかって、おいら不思議でなんなかったんだ。料理されたって、やっぱし食べ物は食べ物、匂うよね？　そいで、思い切っておっかあに訊《き》いてみたんだよ。そしたら、たいていの女はお腹

に子が出来ると煮炊きをしたくなくなるんだってね。おっかあも、おいらがお腹に出来た時、おっとうに頼んで、始終煮売り屋でお菜を買ってきてもらってたんだって。普段、横のもんも縦にしないあのおっとうがねえ――。二人がそこまで生まれてくるおいらのこと、想《おも》ってくれてたってわかって、おいら、何だかじんと来ちゃったし、お嬢さんに訊いたりしないでよかったよ」

三吉はこっそり季蔵に耳打ちしてきた。

その三吉が、

「一つ、訊いていい？」

鰹の手こね鮨にじっと目を凝らしている。

「何だ？　どうして、手こね鮨というのかはもう話したろう？」

本来、海沿いの土地で作られてきた手こね鮨は、漁師料理が発祥。

「杓文字なんて使わないで手で混ぜた方が、もっともっと美味いんじゃないかな。杓文字ぐらいどこにでもあるだろうに使わなかったのは、やっぱし手だけで混ぜる手こねの方が美味いんだと思う」

三吉は真剣な目で訴えた。

「手こねでどうして美味くなるんだ？」

季蔵は三吉の目を見て問い返した。

「それは――」

三吉は窮して首を傾《かし》げた。

「さっきおまえが言っていたように、この戻り鰹を使った鰹の手こね鮨は美味い。片や、初鰹等の春獲《はるど》りの鰹でもこの手こね鮨は作られてきただろう。初鰹は魚の黄金みたいなものだから、戻り鰹などよりよほど気合いを入れて、漁師たちは獲ってきたはずだ。脂が少ない春獲りの鰹で拵《こしら》える手こね鮨こそ、始終拵えられていた元祖手こね鮨だ。そして、この元祖手こね鮨にこそ、人の手によるこねは欠かせないものだったのだと思う」

季蔵の言葉に三吉の首はまだ傾げられたままだったが、

「手でこねて酢飯とほどよく混ざる、鰹の脂のことを言ってるんでしょ？　たしかに手こねの方が杓文字なんかより、よほどよく混ぜられるものね。脂の少ない鰹からだって、こねるように揉《も》み出せば脂は出てきて、酢飯をいいお味にしてくれるわ」

おき玖が言い当てた。

「さすがお嬢さんです」

季蔵は微笑《ほほえ》んで大きく頷き、

「そっか、そうだったのかあ」

三吉は少しばかり悔しがったが、

「ってえことは、この脂たっぷりの戻り鰹では杓文字でよしってことだよね。混ぜすぎると酢飯がぎとぎとになっちゃうから――」

「それもその通り、偉いぞ」

季蔵は褒《ほ》めた。

するとと突然、おき玖が、

「酢飯のぎとぎと脂は嫌だけど、からっとした揚げ物が食べたい。それとずーっと口が不味《まず》くてたまらないんで、とにかく、濃ーい味つけ。食べたくて食べたくて、このところ、夢に見るほどなのよね」

涎《よだれ》を流さんばかりにふうとため息をついた。

「それではもう一品、戻り鰹で拵えてみましょう」

季蔵は戻り鰹の揚げ物丼《どんぶり》に取りかかった。

すでに炊きたての飯の用意はできていた。

サクに取った戻り鰹を手こね鮨の時よりやや厚めの、人差し指の先ほどの厚みに切り、醤油とすりおろした山葵《わさび》に漬けておく。醤油と山葵のタレはやや多目に作る。

深い鍋《なべ》に胡麻油を注ぎ入れて火にかける。ここに、汁気をよく拭《ふ》き、小麦粉をまぶした戻り鰹を落として揚げていく。

茗荷《みょうが》は千切りにして水に晒《さら》しておく。

ふわりと飯を盛りつけた小丼に、戻り鰹の揚げたてと、軸を取って千切った青紫蘇を載せる。

残っている醤油と山葵のタレを好みの量かけて、水気をきった茗荷を飾る。

「どうぞ」

季蔵は盛りつけたばかりの戻り鰹の揚げ物丼をまずはおき玖に勧め、すぐに三吉の分も拵えた。

箸を使ったとたん、

「こっ、これこれ、からっとしてて、しつこくなくて、旨味《うまみ》がたっぷり、味つけの濃さも最高。あたし、こういうのがずーっと食べたかったのよね」

おき玖は感動の一声を上げた。

三吉の方は黙々と平らげた挙げ句、

「わかるよ、わかる、お嬢さんの心じゃなくて、胃の腑の気持ち――、おいらの胃の腑も大満足だもん」

満ち足りた笑顔で膨れた腹を叩《たた》いて見せた。

「わっ、三吉ちゃん、早い。あたしはもうちょっと――」

おき玖が醬油と山葵を混ぜたタレの入った小鉢に手を伸ばそうとすると、

「ちょっと待ってください」

予期していた季蔵はちょうど熱々のほうじ茶を淹《い》れたところだった。

「お嬢さん、お腹に子のいる時は酒だけではなく、塩や醬油、味噌《みそ》も控えるように、とお医者に言われたとおっしゃってたでしょう？　残りはタレではなく、これで食べてみてください」

季蔵はほうじ茶をおき玖の丼に注いだ。

「えーっ」

一瞬、顔を顰《しか》めたおき玖だったが、さらさらと味わううちに、

「何って美味《おい》しいの‼　揚げ物の脂と油がね、ほどよく、じわーっとほうじ茶に広がって
「――醤油味じゃないのに濃い、いいお味よ、たまらないっ」

うっとりと目を細めた。

二

試食を兼ねた賄いを食べ終えたおき玖に、

「そろそろ、お休みだよね」

三吉が二階に続く階段の方を見た。

おき玖はたらふく食べた後、ふーっと大きなため息をついて、

「牛になってもいいからごろ寝したい」

元の自分の部屋で休むことが多かった。

「ううん、今日はこれから、田端《たばた》様の御新造《ごしんぞ》のお美代《みよ》さんと、鹿《か》の子餅《こもち》茶屋で会うことになってるのよ」

おき玖はどっこらしょと呟いて腰を上げ、

「ええっ、まだ食べるの？」

三吉に呆《あき》れられた。

岡っ引きの松次《まつじ》と共に塩梅屋に立ち寄ることがある、北町奉行所定町廻り同心の田端宗《そう》太郎《たろう》の妻お美代は、元娘岡っ引きの美代吉《みよきち》で、男言葉を使い、酒を飲んでいたが、今ではすっかり落ち着いた御新造さんの風情《ふぜい》を醸し出している。

ちなみに鹿の子餅とは、蒸した白い餅の周りにつけた小豆の様子が、鹿のまだらな模様に似ていることから付けられた名であった。

おき玖が出かけて行った後、季蔵は三吉に手伝わせて山ゴボウの漬け込みを始めた。

山ゴボウの正式な名は濃桃色のつんつんした花姿のモリアザミで、いわゆるゴボウの仲間ではないが、秋口にはゴボウによく似た様子と食味の根茎が食用とされる。

元は山野でのみ収穫されていたのだが、土の香りが旨味と感じられる独特の風味が菜に向いているだけではなく、ゴボウや新ゴボウとも異なる、シャキシャキした歯応《はごた》えが酒肴《しゅこう》にも最適とわかって、栽培して売る農家が増えてきていた。

もっとも季蔵が貰《もら》い受けたのは、塩梅屋の先代長次郎《ちょうじろう》の代からつきあいのある、薬種問屋にして薬草園の持ち主である良効堂《りょうこうどう》の主、佐右衛門《さえもん》から届けられた逸品であった。

どうしたら鮮烈にして清々《すがすが》しい香りを放つ、山野の野生種に近づけるか、佐右衛門がさまざまな工夫を凝らしつつ、長年育ててきたモリアザミ、山ゴボウなのである。

いつだったか佐右衛門は、

「山の恵みの山菜といえば春のものが多いが、これはこの時季には珍しい秋山菜なのですから、いつまでも独自の野趣を大事にしたいんですよ」

ことのほか優しい目で、とっくに花の散った木偶《でく》の坊《ぼう》のような山ゴボウことモリアザミを眺めていたことがあった。

「丁寧に洗ってくれ」

「合点」

三吉は目笊《めざる》に盛られている山ゴボウを抱えて井戸端へと出て行った。

塩梅屋では掌《てのひら》に乗る大きさに切り揃えた藁《わら》を紐《ひも》で縛って汚れ落としに使っている。三吉はこれを使って山ゴボウのひげ根をこそげ落とし、付いている土を取り去って洗い流した。

この間に季蔵は醤油味と味噌味、二種の漬け込みダレを作った。

醤油味の漬け込みダレは醤油と、その三分の一ほどの酒、味醂、少々の砂糖で、もう一方の味噌味となると、味噌は必ず赤味噌、その四分の一の量の味醂、味醂よりもやや多目の砂糖が使われる。

三吉は洗い上げた山ゴボウを、酢を入れて沸騰させた湯で茹《ゆ》でた。

「これ、四十数える間、茹でるんだったよね」

「今年のは少々太目も混じっているから、細いのは四十で上げて、太いのは六十数えてからにしよう」

こうして茹で上がった山ゴボウはもはや土色のゴボウの色目ではない。

「真っ白、白。おいら、美人は色白の細目が好きだけど、太目もぽっちゃり型の美人だね」

「そのようだが――」

首を傾げた季蔵は太い山ゴボウに限って、俎板《まないた》の上でさーっと縦半分に切っていく。

「こうしないと等しく漬からないだろう？」

「やっぱり、山ゴボウは細目が命なんだね」

「まあ、そうだな。太すぎてゴボウのようでは興ざめだ」

あの得も言われぬ歯応えは、歯と歯で噛《か》みしめる、山ゴボウならではの厚みの絶妙さにあるのではないかと季蔵は思っている。

醬油味の山ゴボウは、たっぷりと醬油ダレの入った蓋《ふた》付きの大きな器に茹でた山ゴボウを入れて仕上げる。この時、醬油ダレが足りず、漬け込んだ山ゴボウが頭を出しているようだと、漬けムラが出来て美味しく仕上がらない。

「明日の昼時にはもう食べられるよね」

三吉はごくりと生唾《なまつば》を飲んだ。

「美味しいんだよね、これに炊きたてのご飯。何杯だって食べられちゃう。あ、でも、おいら、今のおき玖お嬢さんには負けちゃうかも――。季蔵さんはあれでしょ？」

「もちろん」

季蔵は笑顔になった。

長いまま漬けた醬油味の山ゴボウを試食する時、三吉たちには一口大に切り揃えるが、季蔵自身はそのまま手にしてぽりぽり嚙《かじ》りつつ、盃《さかずき》にほんの一杯、辛口の冷酒を楽しむ。

醤油味の漬け込みを終えた後、味噌味に取りかかった。

すでに茹でた山ゴボウは半量を取り分けてある。これの水分を飛ばすために、半日ほど陰干しにする。今時分は晴天が続いていて、少し風があるので良く乾く。

味噌味の方はタレではなく味噌床に漬け込む。赤味噌と味醂を混ぜたところに、砂糖を三回ぐらいに分けて加え、味を確かめながら練っていく。一口に赤味噌といっても、塩辛さ等味の違いがあるので、これだという舌で感じることをおざなりにできない。

小さな漬け樽《だる》に入れた味噌床は山ゴボウが乾くまでそのまま馴染《なじ》ませておく。

「味噌床にこいつを漬けるのは、今夜暖簾《のれん》を仕舞ってからになるぞ」

季蔵の言葉に、

「承知」

三吉はやや緊張した面持ちになった。

乾いた山ゴボウは味噌床に漬け込んで馴染ませた後、三日目頃から食べることができる。

「山ゴボウに味噌の風味が移ってて、また一段と美味いんだよね」

味噌は流さずにそのまま山ゴボウと一緒に食する。

「あと、今年、醤油味と味噌味の山ゴボウ漬けを季蔵さんがどんな料理に使うかも、楽しみ、楽しみ――。山ゴボウ料理なんて如何《いか》にも地味そうだけど、そうじゃあない。口が目になったみたく、きらきらした輝きと華やぎがあるんだな、これが――」

三吉がしきりに持ち上げる山ゴボウ料理とは、昨年拵えた、醤油漬けの山ゴボウを芯《しん》にして、卵焼きと黄色い食用菊で菊の花を模した巻きずしだった。

「山ゴボウの風味が、ふんわり甘い卵焼きと食べられる菊の香りを邪魔しないだけじゃなくて引き立ててた。山ゴボウって侮《あなど》れない代物なんだって、おいら感心した」

「ならば、今年も山ゴボウの菊巻きずしも拵えるとしよう」

「やったあ」

三吉は飛び跳ねて喜んだ。

その後いつものように仕込みをしていると菓子屋の嘉月屋《かげつや》嘉助《かすけ》から届け物があった。

「うわーっ、餅だ、餅だ」

嘉助からの届け物は初物の糯米《もちごめ》を搗《つ》いて拵えた餅一枚であった。

嘉助とは季蔵が湯屋で知り合い、菓子と菜、肴《さかな》の垣根を越えて親しく料理について語り合うようになった仲であった。

菓子は食べるのも作るのも好きな三吉が、菓子作りに窮して教えを乞《こ》いに訪ねることもあり、嘉助はおおむね優しく、時には厳しく導いてくれていた。

「餅をたらふく食えるのは正月だけど、この時季の餅もいいもんだよね。だけど、塩梅屋《うちや》は菓子も出す茶店や茶屋じゃないし、餅をどう使うのかな?」

三吉ははしゃぎつつも首を傾げた。

「まあ、おいおい考えてみよう」

応えた季蔵がちょうどいい切り頃になっている餅一枚を、長四角に切り揃え始めると、

「邪魔するよ」

油障子《あぶらしょうじ》の開く音と共に聞き慣れた声がした。

「いらっしゃいませ」

季蔵は北町奉行所定町廻り同心の田端と岡っ引きの松次に笑顔を向けた。

「ちょいとこれでなあ――、天が高く見える秋晴れ続きだとやたら腹ばかり減っていけねえや」

松次は腹の上に両手を重ねて見せた。

「どうぞ」

三吉が素早く、田端には冷や酒、松次には甘酒が入った湯呑《ゆの》みを勧めた。

田端は大酒飲みで松次は下戸であったにもかかわらず、なぜか、ここでの二人はその差し障りもなく並んで飲食していた。

「まずはこれで行きましょうか」

季蔵は昨日漬けておいた山ゴボウの醤油漬け数本を切らずに長いまま、ひょいと口の細い瓶《かめ》に挿して、各々の前に置いた。

「おっ、山ゴボウだね」

松次はうれしげな声を出し、田端は無言で目を輝かせた。

二人がぽりぽりといい音を立てている間に、季蔵は松次のための小腹充《み》たしを拵え始めた。

田端は酒を飲み出すと菜も肴も摂《と》らないのが常で、炙《あぶ》ったスルメとか、この醬油漬けの山ゴボウ等は例外であった。

季蔵は昨日の夕方、棒手振《ぼてふ》りの魚屋から、

「今の時季のこいつは特上だよ、美味いんだけどね、さっぱり売れねえんだよ」

只《ただ》同然の安値でもとめた鮪《まぐろ》の切り身を使った料理を思いついていた。

すでに赤身の鮪は醬油と味醂の漬け汁に四半刻《しはんとき》（約三十分）ほど浸《ひた》してある。

三

季蔵は細く青々とした小葱《こねぎ》を刻んだ後、小鍋で出汁《だし》をとると、三吉に火の熾《お》きた七輪を二台用意させた。

そして長四角の切り餅を縦半分に切ったものを、七輪にのせた餅網で焼かせた。餅の両面に焼き色がついてぷっくりと膨れてきたところで、季蔵は金串《かなぐし》を打ってある、下味のついた鮪の切り身の表面をさっと炙った。

二切れの焼き餅を小丼に取り、金串から外した鮪の切り身をのせると、塩と醬油、味醂で調味したあつあつの出汁をかけ、刻んである小葱適量を添え、黒胡椒《くろこしょう》を振って仕上げた。

「旬鮪の雑煮でございます」

季蔵は小丼を箸と一緒に松次に手渡した。

「旬鮪？」

松次はへえと驚いた顔になった。

「鮪に旬なんてあるのかよ」

「ええ、この秋口ですよ。一年中獲れるので、初夏の鰹ほど知られていないだけです」

箸を取って鮪の切り身をほぐして口に入れた松次は、

「なるほどね」

目を細めて、

「鮪ってえのは安かろう、不味かろうだろう？　だから人気がねえんだが、あんたにかかると鯛《たい》よりも美味く化けちまう。いつもあんたの鮪料理の腕は大したもんだと感心してるんだが、これはまた格段にいいよ」

一人娘を遠方へ嫁にやって以来、一人暮らしを続けている松次は、自分のためだけに包丁を手にするなかなかの食通であった。

「恐れ入ります」

季蔵は頭《こうべ》を垂れた。

松次は餅と一緒に鮪の身を口に入れて、

「餅と鮪が蕩《とろ》けるようだ」

ああっとため息をついた。

「どうやったら、こんなに美味く鮪が食えるんだい？」

「残念ながらこれに秘訣《ひけつ》はありません。強《し》いて言うならば、旬の鮪の炙りだということぐらいです。脂が乗ってくる秋口の鮪のおかげです」

「たしかにこの鮪は香ばしくていい匂いがする。犬も食わない、肥やしにするしかないと言われている、あの鮪と一緒だとはとても思えねえ」

そこで松次はずるずると雑煮の汁を啜《すす》った。

「何とも深い旨味だ」

「赤身が葱鮪鍋《ねぎまなべ》にされるのがやっとで、これほど安くて美味しい鮪に人気がないのは、鰯《いわし》や鰹、秋刀魚《さんま》のように焼いて食べる料理法が、知られていないか、試されていないからだとわたしは思っていました」

「たしかに脂の強い魚の鰯や鰹、秋刀魚は焼きが一番だ。鮪だってそうだろうよ。けど、どうして、炙りなんだい？」

「鮪の赤身は鰯や鰹、秋刀魚ほどは脂が強くありませんから、火が入りすぎると旨味が逃げてしまうように思います」

「それと鰯や鰹、秋刀魚の煮付けや汁物なんかには、生姜が臭み取りになると相場が決まってるんだが、鮪には小葱や黒胡椒なんだろ？　これは憎いぜ、さすがだ。そのうち、他《ほか》の鮪料理も食わせてくれや」

松次は汁の一滴まで残さずに飲み干した。

「かしこまりました、ありがとうございます」

大きく頷いた季蔵は先ほどから気になっている田端の方を向いて、

——珍しく進んでいない——

ちらとまだ残っている湯呑みの冷や酒を見た。

——今までこんなことがあったろうか？——

筋金入りの左党の田端はたとえ、直面している事件の調べに行き詰まった時でも、いや、そのような時にはなおさら、酒を呷《あお》り続け、怖いほど激しく鋭い目色になるのが常であった。

ところが今の田端はずっと伏し目で弱々しいまでに困惑の極みのように見えた。

「市中で何かございましたか？」

季蔵は常なら田端へ問い掛ける言葉を松次に向けた。

塩梅屋の先代長次郎には一膳飯屋《いちぜんめしや》の主とは別の裏の顔、北町奉行烏谷《からすだに》椋十郎《りようじゆうろう》の隠れ者という役目があった。

長次郎亡き後、塩梅屋の主となった季蔵はその役目をも引き継いでいた。

隠れ者という役目を続けてきた歳月の賜《たまもの》ゆえなのか、はたまた、持って生まれた資質からなのか、季蔵は人の世で起きる数々の事件を推し量り、解決に導いてきていた。多くは烏谷からの指示で介入したが、中にはこうして立ち寄る田端や松次の話に、知らずと分け入ってしまい、巻き込まれることもあったのである。

「神隠しに遭《あ》ってたおちゃっぴいの骸《むくろ》を飼い主と散歩してた犬が見つけたんだ。首を絞められて草地に埋められてた」

松次の顔から笑みは消えている。

おちゃっぴいはお茶を挽《ひ》くという、色街の女たちが客の訪れを待っている様子を言う言葉から来ている。

市井に住んでいて朗らかで元気一杯、大人の女の粋《いき》に憧《あこが》れてあれこれお洒落《しゃれ》に凝り、好みの男はいないものかと、運命の出会いへの期待に胸を膨らませつつ、時には三味線や長唄《ながうた》の習い事を放《ほう》りだして、男前の役者や火消し等を追いかけずにはいられないのがおちゃっぴいであった。

「見つかったのは室町《むろまち》の小間物屋の娘お絹《きぬ》、十四歳。評判の器量好《きりようよ》しだったが、一人娘だもんだから、大甘の両親《ふたおや》が好きにさせてた。習い事を怠けても小言一つ言わず、きかない気性に育ったお絹は、室町のおちゃっぴい頭だったんだが、蛆《うじ》だらけの骸になっちまった。両親はてっきり、好きな男が出来て、手に手を取り合って、駆け落ちでもしてるもんだと思い込んでたんで、そりゃあ、もう女親の方は泣いて泣いて、見てるのが気の毒でならなかった」

「下手人の見当は？」

「まだついちゃいねえが、お絹が絵師らしい風体の男と歩いているのを見たという者はいる」

「それで殺された理由は？」

続けて訊いた季蔵は思わず目を伏せた。娘がこうして無残に殺される理由はたいていい一つだった。

応えずに松次が俯《うつむ》いてしまうと、

「着物の裾《すそ》と腰巻きに血が付いてた」

田端がずばりと言い切り、

「両親に早くに死に別れ、掌中の玉のごとく、大事に大事に祖父祖母《じじばば》に育てられてきた、坂本町《さかもとちょう》の古着問屋の孫娘お満《みつ》、十六歳も七日前からいなくなっている。お絹同様、おちゃっぴいの人気者だったゆえに、祖父母たちはやはり駆け落ちを疑っているようだ。お満の行方はまだ知れないが、我らはお絹の二の舞になるのではと懸念している」

淡々と話し続けた。

「お満さんを見かけた人は？」

「男と話しているのを見たという者は出てきている」

「やはり絵師ですか？」

「いや、夕暮れ時ゆえ、そこまではっきり言い切れぬようだ」

そこで言葉を切った田端は、酒にではなく、醤油漬けの山ゴボウに手を伸ばし、三本まとめてがりりと嚙みながら、ふーっと深いため息をついた。

――たしかに若い娘たちがこのような目に遭うのはたまらないことだが、田端様の今のため息は下手人への憤怒や、娘の肉親たちへの想いからだけではない。やはり、最初に感じたようにこのお方の心は困惑に占められている、いったい何ゆえなのか？――

知らずと季蔵は田端を見つめ続けていた。

すると、

「まあ、知らせるほどのことではないのだが――」

珍しく田端の方から話しかけてきた。その目には少しの酔いも見受けられず、恐れにも似た戸惑いが溢《あふ》れていた。

「実は妻の美代に子を授かった。産婆だけではなく医者の診立てもある」

田端の声が震えた。

「それはそれは――、おめでとうございます」

咄嗟《とっさ》に季蔵は笑みをこぼした。

――前の時は子を望むあまりのお美代さんの早合点だったが、今度は本当なのだな。お産は女子ならではの厄の一つだと言われ、命を落とすこともある。それゆえ、妻が身籠もると夫は案じるあまり、誰《だれ》でも困惑気味になると話に聞いたことがある。なるほど、それだったのだな。そもそもが堅物の田端様には喜びよりも、母子ともつつがなく、この厄を乗り越えられるのだろうかという不安が、何より大きくのしかかってきているのだ――

しかし、依然として田端の顔は強《こわ》ばったままであり、無言の松次は渋面で甘酒の入った湯呑みを傾けている。

――松次親分まで不安を裾分けされているとは考え難い――

そこで季蔵は松次を見据えた。気づいた松次はやれやれまいったとばかりに肩をすくめ

て、

「田端の旦那もお困りだが俺も困り果ててる。御新造様のお美代坊いやお美代様が、元は男勝りの娘岡っ引き美代吉だったことはあんたも知ってるだろう？　よりによって今、お美代様は身重だってえのに、この一件に限っては娘岡っ引きの美代吉に戻って、俺と一緒におちゃっぴい殺しの下手人探しをなさりたいとおっしゃるんだよ」

ため息と共にあーあと困惑の声を上げた。

四

「もしやお美代さんは殺《あや》められたお絹さんやいなくなったお満さん、または各々の御両親たちとお知り合いなのでは？」

季蔵が尋ねると、

「実はお美代の知り合いは絵師安芸川清州《あきかわせいしゅう》の女房、お玉《たま》なのだ。二人の子持ちのお玉が途方に暮れているとあって、お美代はえらく同情しておる」

田端は苦い顔で応えた。

「ということは、すでにもう、お絹さんと一緒にいたという相手の絵師の名がわかり、お縄になっているのですね」

田端と松次は共にごく浅く頷いた。

「その安芸川清州とやらは罪を認めたのですか？」

「いや」

二人は大きく首を横に振った。

「殺されたお絹さんと一緒にいるのを見られたというだけで、下手人と決めつけるのはやや早計では？」

季蔵が相手を怒らせるのを覚悟で言った。

「まあ、そうなんだがな」

松次は怒らずに曖昧《あいまい》に同調し、

「この何年か、富裕な商人たちを募っての老いらく講が、主に寺社で催されていた。老いらく講とは俳諧《はいかい》の会を装って生娘を弄《もてあそ》ぶ集まりだ。吉原《よしわら》で遊び飽きた上、なかなかその気にならなくなった老体を奮い立たせる趣向だ。この講に集まった皆で一人の生娘を犯し、居合わせた絵師がその様子を一人一人春画に描いて渡す。助平爺《じじい》たちはそれをしまっておいて、時々眺めては春を取り戻すというわけだが、それではまた飽き足りなくなり、二度、三度、誘われれば必ず出向くようになるらしい」

田端は季蔵が耳にしたことのない金持ちたちの理不尽な振る舞いを口にした。

「ならばそのいたいけな娘さんが犠牲になる老いらく講は、即刻取り締まるべきでしょう」

季蔵は知らずと眉《まゆ》を上げていた。

「そりゃあそうさ」

松次の相づちは弱々しく、

「だが、その生娘は田舎《いなか》から女衒《ぜげん》に連れられてきた身で、買われた先の吉原の店とも話がついているというから罪にはならない。爺たちの遊びにつきあった娘たちが世をはかなんで首を括《くく》ったり、川に飛び込んだという話も聞かぬ。だが遊郭のまともな楼主たちはこんなことが公然と行われるようになると、自分たちの商いに影響がでると言い立てている。老い先短い爺たちとはいえ、金に飽かしてのこのような振る舞いは、少しばかり度が過ぎていて、倹約が奨《すす》められると共に華美な装束、遊興、遊楽が取り締まられつつある昨今、お上への愚弄とされかねないと危惧《きぐ》されている。絵師といえば、いかに名を上げた者でも、無名の頃は春画を描いて糊口《ここう》を凌《しの》がずにはいられない。安芸川清州もその一人だ」

田端はやや低く重い口調でぼそぼそと語り続け、

「安芸川清州は老いらく講への関《かか》わりを認めていないが、お絹を美人画に描きたいと思い声を掛けたことは認めた」

最後に強い声音で締め括った。

――狩野派《かのうは》等一部の将軍家や大名家に召し抱えられる者を除くと、そもそも絵師たちは風俗を乱す者とされてきている。老いらく講を取り締まりたいお上は、絵師であれば誰でもよかったのではないか？　これは絵師の取り締まりでは？――

季蔵は憤然とした。

「まさか老いらく講に関わった者たちに、お咎《とが》めなしということになっているのでは？」

「主謀の俄《にわか》坊主や俄神主、破戒僧侶《そうりょ》の類《たぐい》は捕縛し、すでに遠島の罪を申しつけられている」

「春を求めた老人たちは？」

「遊郭でも生娘の値は高いが、老いらく講ではその十倍と聞いている。それほどの金を費やし続ける輩《やから》は、御老中《ごろうじゅう》たちとも太い絆《きずな》があり、幕政の大きな駒でもある。それゆえ隠居を命じた上、代わって主となった息子へも厳重な訓戒を与えるのみに止まった」

田端の声がくぐもった。

「それでは安芸川清州さんは老いらく講取り締まりのための生《い》け贄《にえ》です。お美代様でなくても得心がゆきません」

季蔵はきっぱりと言い切り、

「俺もそう思う」

松次は田端の方を見ないようにして頷いた。

「しかし、もう時がそうはない。わしが掛け合って上からいただいた時はあと四日だ。それを過ぎれば安芸川清州は、老いらく講への関わりと、その仕事で覚えた生娘への邪《よこしま》な想いにより、通りかかったお絹を拐《かど》かし、事に到った後、隠し通すために縊《くび》り殺した咎で打ち首となるだろう。いくら清州本人が身に覚えがないと訴えても、老いぼれたちさえ欲情したのだから、一緒に居て絵筆を取っていたはずの若いおまえが、我慢の余り、おかしくならずにはいられなかったはずだと断じられる。お絹の身体《からだ》が汚されていたことも決め手にされてしまう。わしからこの話を聴いたお美代は身重だというのに、〝罪のない者の首を打つ？　いくらお上でもそんなことは絶対にさせない〟と強い口調で言い切り、何と三日前の朝、役宅を出て行った――」

田端の声が揺れつつ掠《かす》れている。

「お美代様はその足で俺んとこへおいでなすって、安芸川清州の身の証《あかし》が立つまで女岡っ引きにしてくれと言いなすったが、身重の上、旦那の御新造様だ。はい、どうぞとはすんなり言えるわけもねえ。お役宅へ帰ることを薦めたんだが、まだ、帰ってねえし――、こんなことなら、俺んとこへ泊めとけばよかったよ。旦那、申しわけありやせん」

松次が田端に向けて頭を垂れると、

「そんなことはない。おまえのせいじゃない。亡き母上は、知っての通り、非の打ちどころのない切り盛りと勝った気性の持ち主だった。そんな母上との同居はお美代には日々気の詰まるものだった。それで、わしはつい夫婦だけになった時、市中で起きた事件を話して聞かせていた。美代吉だったお美代になるほどと思われる助言を貰ったこともあった。何より、わしの話を聴くお美代の顔は母上と一緒の時とは別人のように晴れていた。わしはそれがうれしかった。わしたちの絆だと感じた。だが、今となってはそれが仇《あだ》になったのだ」

あろうことか、田端は目を瞬かせながら胸中を赤裸々に語った。

――このような田端様を見るのは初めてだ――

季蔵まで何やらやるせなさと緊迫の入り混じった心持ちになった。

「食事や洗い物はどうしておいでです？」

季蔵が訊くと、田端はだまりこんでしまった。

「少しお待ちください」

察した季蔵は朝炊いてお櫃《ひつ》に移してあるご飯を飯台に移した。

まずは山ゴボウの醬油漬け適量を小さく刻む。

平たい鉄鍋で一つまみの梅紫蘇、ちりめんじゃこ、白胡麻を乾煎《からい》りする。

卵二個は箸でほぐして油をひいた鉄鍋で炒《い》りつけておく。

これら全《すべ》てを飯台の飯に合わせると出来上がる。

「秋山菜の菊見仕立て飯です。召し上がって下さい」

季蔵は用意した二つの重箱にこの飯をたっぷりと詰めて、田端と松次に手渡した。

田端は目だけで謝意を示し、松次は、

「こりゃあ、いいや。旦那、この飯には絶対昆布茶が合いますぜ。ざーっとかけて醬油をちょっとだけ垂らし、汁かけ飯風にしてもいいし、飯と塩味にした昆布茶を一箸、一口ずつ、代わりばんこに味わうのもいいねえ」

ほんの一瞬だったが笑顔になった。

ちなみに昆布茶は、細く細く切って乾燥させた刻み昆布に熱湯を注いで飲む風味茶であった。飲んだ後は出がらしとなった昆布に、ぱらぱらと塩を振ってそのまま食べても、酒と醤油、味醂で佃煮にしても美味しい。

二人が帰って行くと、

「あのさ、おいら、お嬢さんが出ていく時、鹿の子餅茶屋で田端様の御新造様に会うって聞いたよ、空耳かな？」

ずっと話を聞いていた三吉まで案じる表情で言った。

「たしかにそうだったな。こんなことなら、場所を訊いておくのだった」

鹿の子餅茶屋は市中に何軒もある。

——まあ、いずれ帰ってこられるだろう——

秋山菜の菊見仕立て飯はおき玖が持ち帰る分も拵えてあった。

「このところ、朝、昼とお腹がすごーく空《す》いてどんどん食べられるんだけど、夜はさっぱりがいいのよね。夕餉《ゆうげ》を食べ過ぎるとよく眠れなくなっちゃう——」

秋山菜の菊見仕立て飯と名付けた山ゴボウ飯は、そんなおき玖のために思いついたあっさり飯なのだった。

酒の菜がほしいであろう蔵之進には、今宵店でも供する戻り鰹と鮪、二種の旬魚の塩焼きを添える予定でいた。

「お嬢さん、まだ帰って来ないよね」

「すぐに暗くなるというのにな」

秋の陽《ひ》は釣瓶落《つるべお》としと称されるように、あっという間に闇《やみ》と化する。

――お嬢さんは何も知らずにお美代さんと会っているのだろうか、それとも――

季蔵は案じつつ、二種の旬魚の塩焼きを拵え始めた。

五

戻り鰹と鮪の塩焼きでは、どちらも使うのは脂の乗った、ハラスと呼ばれる腹の一部分である。脂の多い魚肉の部位は日持ちがしない。

「ちょいと経つと臭い出すからねえ、こればっかしは銭は貰えねえや、いつものようにおまけ、おまけ」

季蔵にハラスを渡した馴染みの棒手振りは、わざと大袈裟《おおげさ》に顔を顰めて見せて、

「けど、こいつら、捨てられねえで、あんたにかかるとそりゃあ、美味《うめ》え料理になるってえんだから、獲られた鰹や鮪もきっといい成仏ができるぜ。あんたの料理、いい供養だよ」

次には笑顔になった。

中型魚の鰹はハラスを二、三尾分用意して、小葱は小口切りをたっぷり、大根とニンニクはおろす。

おろした大根はよく水気を切り、ニンニクと混ぜておく。

戻り鰹のハラスに多目の塩を振って、金串を打ち、七輪に火を熾《おこ》しじっくりと焼き上げる。

「塩焼きだから仕方ないけど、鰹を焼くっていうと醤油が欠かせなそうだよね。鰹のつけ焼きなんかもそうでしょ？」

三吉がふと呟いた。

鰹はタレに蓼酢《たでず》や芥子《からし》、生姜が用いられ、刺身で食される初鰹の一時季を過ぎると、たいして珍しくも高くもなくなる。菜には輪切りにした胴に金串を刺して、醤油でつけ焼きにする、鰹の筒切りきじ焼きが知られていた。

「こいつを味わって、筒焼きの方が美味いと舌が醤油味を欲しがったら大失敗、振る塩が足りなかったことになる。だから脂に負けないようたっぷりと振った。おろした大根とニンニクにも決して醤油は垂らさない。その代わり、塩焼きの戻り鰹に葱とニンニクを混ぜた大根おろしをかけて味わってみてくれ」

季蔵は言い切った。

焼き上がりを長皿に取り、たっぷりの葱と大根とニンニクをおろしたものをかけて、箸をつけた三吉は、

「これ、たぶん、戻り鰹の塩焼きだけを食べるとちょっとだけ塩がきついんだと思う。だから、大根とニンニクのおろしにも全然、塩気がなくていいんだね。戻り鰹の脂がさらっと味わえるのは、葱なんかの薬味のおかげもあるけど、味付けが塩だけだからだよね、きっと——」

感嘆する三吉に、

「おまえの舌もなかなか鍛えられてきたじゃないか」

季蔵は微笑みを浮かべた。

「だけど、振る塩の量が一番肝心だっていうのはちょっと――。魚の身って一切れ、一切れ大きさが違うでしょ。ってことは、使う塩の量も違うわけで、煮物じゃないから、焼きながら味見なんかできないし――、すごーく、むずかしいことだよね」

三吉は笑みを返して来なかった。

「まあ、場数で勘を鍛えるしかないからな。塩を使わず、ニンニクと醬油を合わせたタレに漬け込んで焼くのなら、それはそれで病みつく美味さだし、ほとんど失敗はしないぞ」

季蔵は励ましつつ、慰めたつもりだったが、

「たしかにそれも美味しいだろうけど、おいら、それじゃあんまし面白くないと思う。技無しだもん」

三吉は少々ふくれつつも、

「季蔵さんの足元に近づくよう、場数を増やして勘を鍛えたい」

殊勝な心意気を示した。

「ならば、次は一人でやってみろ」

季蔵は鮪の塩焼きを三吉に任せることにした。

大型魚の鮪にはハラスの端部分であるスナズリを用いる。この部分は脂はたっぷりとあ

るものの筋が多い。ごく少数ではあったが、活《い》きのいい鮪の刺身を好む食通たちがいて、有名な料亭では、赤身だけではなく、ハラスの刺身をも供していた。けれども、この手の食い道楽たちでさえも、ごりごりしたハラスのスナズリにまでは手を出しかねているようだった。

「こんなもんまで御馳走《ごちそう》になるのかねえ？　犬だけじゃなしに、狼《おおかみ》だってどうだろ？　あんた、これに妖術《ようじゅつ》でもかける気かい？」

昨日の夕方、季蔵が呼び止めた馴染みの棒手振りは大きく首を傾げて呆れ返った。

一方三吉は、

「あれっ？　これ、違うよ」

涼しい場所に置かれていたスナズリ四本を運んできて、俎板の上に置いたところだった。

「しんなりしてて、上に小さい水玉がぽつぽつ汗掻いてるのと、固いのとがある」

「しんなりの方は昨日、塩を振りかけて寝かせといたスナズリで、固いのは今日の朝、もとめたものだ。塩で寝かせた方の噴き出た水気を晒《さら》しでよく拭《ふ》きとってから、金串を刺して焼いてくれ」

「へえ、鮪の塩焼きの塩は鰹と違って、振りかけて一晩寝かせるんだね」

「鮪は塩を振りかけて寝かせることで味が馴染み、旨味もほどよく増す。鮪より鰹は水気が多いから、鰹でこれをやるとどっと水気が外に出てしまい、鰹節の旨味に近くなってしまうんだ。どちらの魚も塩焼きならではの旨味を引き出したいのだ」

「な一るほどね」

三吉は得心して取りかかった。この焼き方もやはり強火の遠火である。

するとほどなく、

「ただ今ぁ――」

おき玖が帰ってきた。

「わあっ、いい匂い。あたし、もう、お腹ぺこぺこ――あ、でも、こんなにお腹が空いてるっていうのに、ぺこっと凹んでるわけじゃないわよねえ」

ほんの一瞬、おき玖は恨めしそうな目で膨れつつある腹部を見つめた後、

「そうだった、お腹の子は子袋の中で大きくなってるんで、胃の腑にいるわけじゃなかったっけ――」

独り言のように呟いて、愛《いと》おしそうに腹を撫《な》でた。そして、

「あ、どうしよう、あたし、気持ちも悪くなってきた。悪阻が終わっても、お腹が空くと気持ちがとっても悪くなるのよね」

スナズリが焼かれている七輪の方をちらと見た。

「待ってて、もうすぐ焦げ目がついて焼けるから」

三吉の言葉に、

「それ、鮪のスナズリでしょ」

おき玖は察していた。旬の戻り鰹と鮪の塩焼きは先代長次郎の十八番《おはこ》であった。

「戻り鰹の塩の方は焼き上がっています」

箸を渡した季蔵は、秋山菜の菊見仕立て飯と名付けた山ゴボウ飯と共に戻り鰹の塩焼きを勧めた。

おき玖は忙しく箸を動かして、一息つくと、

「これもおとっつぁんの味よね」

季蔵は微笑みながら大きく頷いた。

「へい、お待ち」

三吉が焼けたばかりの鮪の塩焼きの載った長皿をおき玖の前に置いた。

「今度はゆっくりと味わうことにするわ」

おき玖は一箸ごとに目を閉じると、

「思い出したわ。おとっつぁん、これをあたしに食べさせてくれた時、〝おまえがお腹の中にいた時、おっかさんが好んで食べてたんだよ。鮪の刺身に固くて食い千切れない筋は御法度だが、塩焼きにするとぷりぷり柔らかくなってたいそう美味い、それに何より鯛の刺身なぞよりよほど滋養があるんだよ〟って。だから、これ、あたしを生んですぐに逝《い》っちゃったおっかさんの味でもあるんだわ」

感慨深そうにため息をついた。

――よし、今だ――

季蔵はおき玖が会ったはずのお美代と何をしていたか探りたかった。

——お嬢さんがお美代さんが家を出たことを知らないはずはない——

「草葉の陰のとっつぁんはさぞかし、お嬢さんが身籠もられたことを喜ばれていることでしょう」

まずは長次郎の親心に共感して、

「そして、初孫の無事誕生を願って、きっとあれこれと案じられているはずです」

知らずと季蔵自身も心配顔になっていた。

「そうでしょうけど——」

食べ終えたおき玖はやや当惑気味に箸を置いた。

「やだ、季蔵さん、まるでおとっつぁんに成り代わったみたい。らしくないわ、何かほかに言いたいことあるの？」

そもそもおき玖は抜群に勘がいい。

一瞬、季蔵とおき玖は互いに探り合うような目で相手を見つめた。

——これはまずい——

「そうそう、それからとっつぁんは鮪のハラスを甘辛醤油煮にする時、スナズリは取り除《の》けてましたね。スナズリは焼くと柔らかくなってよい菜や肴になるんですが、断じて煮て食してはいけない。ますます、筋が硬くなるだけで食べられた代物ではなくなると教えられました」

長次郎が関わる料理の話の続きで取り繕おうとすると、

「実はね、お美代さんと鹿の子餅を手土産にして、あたしたち、瑠璃《るり》さんのいる南茅場町《みなみかやばちょう》へ行ったのよ。身重の二人して瑠璃さんお得意の紙花を習わせてもらおうと思って。これから冬場は花の咲かない時だからこそ、紙花を習って元気な子を授かるよう、信心しましょうってことになったのよね。女の子だったら、綺麗《きれい》な子が生まれてきそうでしょ？」

案じていた話に感づいたのか、おき玖は一応は得心できる説明でその外堀を埋めてきた。

六

――お嬢さんの今の話は偽りではないだろう。けれども真実はまだもっとあるはずだ――

「瑠璃は元気でしたか？」

巧まずにこの言葉だけは口から出た。許嫁《いいなずけ》でありながら、辛《つら》い運命に翻弄された挙げ句、心を深く病んでいる瑠璃への想いは募るばかりで、季蔵は片時も忘れたことはなかったのである。

「ところが――」

おき玖はしばし口籠もった後、

「瑠璃さん、臥《ふ》してたのよ」

「今時分多い風邪《かぜ》ですか？」

一瞬季蔵の案じる心がぴんと尖《とが》って瑠璃だけに集中した。

──ああ、でも、あの心配症のお涼《りょう》さんなら、たとえ軽い風邪であっても、わたしに報《しら》せてきてくれているはずだ。だとすると──

「気鬱《きうつ》ですね」

持病が悪化したのだと季蔵は合点した。

──心が翳《かげ》って臥せるようになると、食も細り、風邪も引きやすくなる。せっかく一日のほとんどを起きていて、達者に紙花を造るようにもなっていたというのに──。これは何とかしないと──

今時分ならぼた餅《もち》だろうかと、あれこれと瑠璃が好みそうな食べ物に想いを巡らせていると、

「瑠璃さんね、お満ちゃんってお弟子さんが習いに来なくなって二、三日したら、ぱたっと紙花造りをしなくなって、ぼうっと過ごすようになったって、お涼さんが言ってたわ。季蔵さん、瑠璃さんに紙花のお弟子さんが出来たのは知ってた？」

おき玖はさりげなく訊いてきた。

「お涼さんがここへ立ち寄った時に話してくれたのは、虎吉《とらきち》が迷い込んだ家のお嬢さんが訪ねてきたことでした。虎吉のやつ、瑠璃が拵えた菊の紙花を咥《くわ》えてて、迷い込んだ先のお嬢さんがたいそう感心しておられたとかで──」

虎吉はサビ猫の雌《めす》で飼い主を守るために蛇に嚙み付いたり、縄張りを出て遠征する等、名犬並みの賢さの持ち主であった。

――虎吉は紙花を見せびらかして、瑠璃に自分以外の女友達をつくってやろうとしていたのかもしれない――

「その娘さん、是非とも紙花のお弟子にしてくださいって、瑠璃さんに頼んだんですって。瑠璃さんはにこにこして頷いて、毎日通ってくることになったんだけど、お涼さんは相手がおちゃっぴいの親玉みたいに、あんまり元気で朗らかすぎるんで、これは習い事を増やして周囲を煙にまくためじゃないか、紙花を褒め千切る当人が言うとおり、続いてくれればいいけれど、三日坊主で終わるんじゃないかと案じたそうよ」

――なるほど、それでお涼さんは、まだ海のものとも山のものともつかない、お弟子さんのことをわたしに何も言ってこなかったのだな――

「そして、お涼さんの思った通り、そのお嬢さんは通って来なくなったのですね」

「三日通ってきてからはぱったり。来なくなってから今日で八日目。それでとうとう、ずーっと待ってた瑠璃さんは、気力が尽きて、起きられず、朝から臥せってしまっていたというわけなの――」

「そのお嬢さんのお住まいは？」

――紙花習いは方便に使われたのかもしれないものの、そのお嬢さんが急な病に罹《かか》ったのかもしれない。方便と急病が重なったということもあり得る。初めてのお弟子さんとあって、待ちに待っていた瑠璃が寝込むほど教えるのを楽しみにしていた相手なら、出来れば続けて通ってきてほしい。どうして、通ってこられなくなったのかを知りたい。急病ならばそれを伝えて瑠璃に希望を持たせたい――

「坂本町にある古着問屋坂本屋《さかもとや》の跡継ぎ孫娘なのよ」

おき玖の目がきらりと光り、季蔵ははっと息を呑んだ。

――坂本町にある古着問屋の孫娘のお満さんなら松次親分たちが話していた、いなくなったというおちゃっぴいだ。これでお嬢さんとお美代さんの関わりがやっと見えてきた――

おき玖は先を続けた。

「そもそもは三日前の朝、目を泣きはらして風呂敷《ふろしき》包みを背負ったお美代さんにばったり会ったの。どうしても、幼馴染みだったお玉さんの御亭主の疑いを晴らすんだって、そのために役宅を出て来たんだって言うのよね。あたしと同じ身重だし、これはよくよくのことだと思ったの。お美代さん、松次親分の下っ引きにしてもらおうと頼んだけど、駄目だと言われたって気を落としてた。それであたしが力を貸すことにしたの。どうしてもそうしたいと思ったのよね。理由《わけ》を話すと、旦那様はあたしには渋い顔しても、お美代さんにはいい顔して、身体に障らないよう、気兼ねなく居てくださいなんて言ってくれた」

――田端様、蔵之進様、どちらも役宅の八丁堀住まい。なるほど、家出したお美代さんは田端様たちと目と鼻の先に起居していたのだな。そういえば、昨日今日と、お嬢さんは、〝秋はね、身重の女も旦那様も馬並みに肥えるのよね〟などと言って、持ち帰る菜の量が増えていた。まあ、一番の安全策だろうが、ここまで匿《かくま》い場所が近すぎるといつ知れてもおかしくはない。そうなった場合、お嬢さんや蔵之進様は田端家に対して少々どころか、この先、相当顔向けできなくなるのでは？　同心という同じお役目に就いている者同士であるが、北町、南町という違いがあり、何かと競い合っている間柄だ。南町のご同輩たちともうまく行かなくなってしまうかもしれない――

季蔵が知らずと案じている顔を向けていると、

「まあ、いくら旦那様がいいと言ってくれても、やっぱし、お美代さんはそうそう居心地がいいわけじゃないでしょ。それで、あたし思いついたのよね――」

おき玖は戸口に向かい、

「お美代さん、入って」

油障子を引いた。

「失礼します、ごめんなさい」

久々に会うお美代が季蔵の前に立った。

お美代の姿を見たのは烏谷が催した花見の宴以来である。その時のお美代は落ち着いた若妻の佇《たたず》まいであったが、今は娘岡っ引き美代吉に戻って、幼馴染みの夫を助けようと意気込んでいるためか、身籠もってさえいなければ、気丈な娘と称しても通るのではないかと思われるほど潑剌《はつらつ》と若々しかった。

「わっ、田端の旦那の御新造様っ」

三吉は仰天したが、季蔵はそれほど驚かず、

「鹿の子餅だけじゃ、お腹、空いてませんか?」

「いいえ、大丈夫」

首を横に振ったお美代の腹がぐうと鳴って、

「あら、やだ」

顔を赤らめつつ、その両手は膨らみつつある腹を撫でた。

「お嬢さんと一緒にそちらで少しお休みになっていてください」

季蔵はおき玖とお美代に小上がりに上がるよう促した。

季蔵が思いついたのは揚げ物であった。お腹の子の命の勢いゆえなのか、身籠もった女は常から好物の甘い物の他《ほか》に、普段はそう食さない、揚げ物を好むものだと、長次郎の日記に書かれていたことを思いだしたのである。

――とっつぁんはお嬢さんの母親が身籠もった時、工夫の限りを尽くして書き留めたのだろう――

その内容が今、役立つのだと思うと季蔵は何とも感慨深かった。もっとも、長次郎が記したこの手の書き留めの全てをおき玖のために拵えているのではなかったが――

季蔵は例年通り蔵之進が届けてくれた甘柿を使ってみることにした。すでにこの甘柿は完熟状態にあった。

柿は皮をむいて芯を取り八等分する。

小麦粉を冷たい井戸水でぽつぽつと粉の粒が残る程度に溶く。

ここへ水分をよく拭き取った柿を潜《くぐ》らせて、じっくりと柔らかく揚げる。仕上げにぱらっとほんの少々塩を振ってさらに甘味を出す。

「どうぞ」

季蔵が菓子楊枝を添えて勧めると、

「あら、お美代さんはね、柿が苦手なのよ。うちにあってもあまり食べてくれないもの――」

おき玖の方が先に揚げ柿に手を伸ばした。

「あら、美味しい。でも、柿のクセはなくなっちゃうのね。あたしは柿好きだから、あの独特の青っぽい生の風味も好きだわ。クセがないから、お美代さん、大丈夫よ、召し上がれ」

おき玖の勧めでお美代はやっと菓子楊枝を手にした。

「美味しいでしょ？」

「ええ」

お美代は黙々と大きな菓子盆の揚げ柿をほとんど一人で食べきった。

――甘柿はまだあるから、もっと揚げてさしあげたいが、とっつぁんの日記にこんな風にあった――

唐芋や南瓜《かぼちゃ》揚げよりは軽い揚げ柿でも、食べ過ぎると後でやはり、胃の腑がもたれてしまい、よく眠れなくなる。これを防ぎ、身重の身を安らかに保つには、この後こなれがよくて、腹持ちもいいごく少量の雑炊を食べさせるのがいい。

そこで季蔵は三日前に漬けた山ゴボウの味噌漬けで雑炊を拵えることにした。

山ゴボウの味噌漬けは、味噌を洗い流して拭い、小指の先ほどに切り揃えておく。醤油、味醂、塩で調味した出汁を張った小鍋に、小さな飯茶碗《めしぢゃわん》八分目ほどの飯を入れ、山ゴボウの味噌漬けを加えて煮て、溶き卵でとじて仕上げてみた。

七

この山ゴボウの味噌漬け雑炊を、

「甘柿揚げの後のこれ、まさに甘辛で気が利いてるったらない」

おき玖はやや大袈裟に感動の言葉を口にしながら食し、お美代の方はやはり無言で蓮華《れんげ》を使い続けた。

――お美代さんはやはり昔とは違う。姑《しゅうとめ》苦労もしてきたせいか、めっきり口数が減った――

娘岡っ引きを自称していた頃のお美代には、男言葉を使うことで強さを主張していたようなところがあり、空威張りゆえの脆《もろ》さがあった。

――それが今ではさらりと癖のない、たおやかな女らしさの中に、辛抱と粘り強さをずっしりと溜《た》め込んでいる——

「あのう——」

箸を置いたおき玖は、甘柿揚げと山ゴボウの味噌漬け雑炊で中断された話の先を続けた。

「折り入って季蔵さんにお願いがあります」

おき玖の口調がかしこまった。

「何でしょう？」

「今、お美代さんの行き場がないっていう話はさっきしたわよね？　ここの二階においてくれない？　ね、お願いよ、ほんとはきちんと手をついて頭下げるべきなんだけど、今はお腹がつかえそうで——なのでこの通り」

おき玖は胸の前で両手を合わせ、お美代は深く目を伏せた。

「何をなさるんです？　止《よ》してください、そもそもここはお嬢さんの家なのですから」

季蔵は慌てた。

「それは嫁に行く前の話よ、今、ここの主は季蔵さん、それくらいのことはあたしだってわきまえてます。無理を言ってごめんなさい。でも、ここ以外に身重のお美代さんが危なくないとこって、思いつかなかったのよ、お願い」

「わかりました」

季蔵は大きく頷くと、

「その代わり、どうしてお二人で思いついたように、瑠璃を訪ねたりしたのかを話してくださいませんか？」

おき玖の顔を正面から見据えた。

「さっき話したように紙花を習うためで――」

幾分おき玖は小声になり、

「それはお嬢さんとお美代さんの方便でしょう」

季蔵は苦笑して、

「坂本屋の孫娘お満さんが瑠璃の紙花の弟子になったなどという話、いったい誰《だれ》から聞かれたのです？」

呆れ顔で訊いた。

「それはお満さんのお祖母《ばあ》さんからです。坂本屋の主のお祖父《じい》さんもたいそう案じられていました」

応《こた》えたのは顔を上げたお美代で、

「瑠璃さんのところへ通っていたと聞き、何か手掛かりを得られるかもしれないとおき玖さんと一緒に訪ねました」

きっぱりとした口調で言い切った。

「するとお嬢さんまでお美代さんの手伝いをなさっているのですね」

変わらず季蔵は苦笑と呆れの入り混じった顔のままだったが驚いてはいなかった。

「うちのおっかあは、元気もんで通ってるけど、おいらが腹にいる時だけは、家にじっとしてたって言ってたよ。身重な時もお産も命がけなんだって。飛び回ってたりしていいのかなあ？」

三吉はやや非難の籠もった目で二人の顔を交互に見た。

「あたしね、初めは一時美代吉になって、真の下手人をお縄にして、幼馴染みの亭主を助けるっていう、お美代さんを諦《あきら》めさせるつもりだったの。身重の身で危なすぎるもの。そもそもお美代さんは田端様と一緒になる時、十手は返上した身なんだし。それで、まずは殺されたお絹さんの御両親に一緒に会ったのよ。お絹さんの骸が見つかってからというもの、店を閉めたままの御両親ときたら、もう涙も枯れ果てて、何を訊いても応えてくれない。悲しみが大きすぎて生きながらにして、娘と一緒に死んでるっていう感じで――、そういう感じが今の身重のあたしにはどーんと響いたのよね。それでどうしても、お美代さんの手伝いがしたくなったの。お美代さんも幼馴染みのためだけじゃなしに、身重ならではの気持ちに揺さぶられてのことじゃないかと思う。幼馴染みのお玉さんには子どももいるしね。父親が打ち首になっちゃったら、可哀想に罪人の子でしょ。周囲にいろいろ言われて虐《いじ》められる。女って身重になったとたん、もう子どもも全ての母親なのよ」

おき玖は流れ落ちる涙を両袖《りょうそで》で代わる代わる拭《ぬぐ》い、お美代は目だけで頷いた。

――子を想う親の気持ちはわからない感情ではない。身籠もって産み育てる母親ともなればきっとまたひとしおなのだろう――

「気持ちはおおよそわかりました。今後一つ約束してほしいことがあります」

季蔵は二人の顔を交互に見据えた。

「お二人で、または各々で調べのために動こうとする時は、必ずこのわたしに告げてからにしてください。お二人も我が子のために、健やかなお産に臨まなければならない母親であることを忘れてほしくありません。それと事と次第によっては、男のわたしが役立てることもあります」

「わっ、季蔵さん、あたしたちに力を貸してくれるのね」

おき玖は歓声を上げ、お美代はまた頭を深く垂れた。

こうして、この日からお美代はおき玖が起居していた塩梅屋の二階に落ち着いた。おき玖が八丁堀へと帰って行くと、

「お話がございます」

季蔵はお美代に切り出され、長次郎の位牌《いはい》のある離れで向かい合った。仏壇に線香を上げ終えたお美代は、

「ここの仏様にもご安心していただきたい話です。おき玖さんのことです。もう充分、親切にしていただきました。これ以上、おき玖さんがあたしに関わらないよう、ご配慮をお願いしたいのです」

眦《まなじり》をやや上げた。

「あなた一人で調べをなさると？」

「はい。身重のおき玖さんを巻き込むことはできません。それを今、亡きお父様に申し上

げたところです」

「あなたとて身重では？　田端様もさぞかしご心配されているはずです」

「だとしても、これはやり抜かなければならぬことなのです。岡っ引きのおとっつぁんが生きていたら命を賭《か》けるでしょう」

お美代はやや薄めの唇を真一文字に引き結んだ。

——これほどの強さに出会ったことはない——

珍しく季蔵は恐れをなしつつ、

「あなたはおき玖お嬢さんが口にしていたような母親の情だけで、動かれているのではありませんね？」

相手に訊かずにはいられなかった。

「ええ」

頷いたお美代は無表情であった。

「それが何か教えてください」

ずばりと訊いてはいたが、その実、応えはもうわかっていて、季蔵は自分の腰が引けていると感じた。

「ごめんなさい、すみません——」

表情を崩さぬままお美代は首を横に振った。

——これはきっと、こちらが見当もつかないよほどのことなのだろう。この女《ひと》だから耐えられるとてつもない重荷または決心なのでは？――

しばし季蔵は掛ける言葉を失って黙り込んだ。

するとお美代は身重女とは思えない機敏さで立ち上がると離れを出て行った。

娘岡っ引きの時の美代吉も身軽だったように思い出された。

――あの時は気張っていて若いゆえだとばかり思っていたが、これほどの体さばきが身に付いていたとは――

季蔵は奇異と驚異の両方を感じつつ、

「どうか、おかまいなく」

お美代には断られたが、翌日から朝餉《あさげ》と夕餉の膳《ぜん》を二階まで運ぶことに決めた。昼餉《ひるげ》が不要だったのは朝餉を済ませたお美代が調べのために外に出るからだった。季蔵は心配だったが、お美代の強い意志に負けて、夕餉には必ず帰ってくると約束させた上でのことだった。

「さすが元娘岡っ引きだよね。あんな身体なのに階段の軋《きし》む音しないんだから、いつ出てったか、まるっきしわかんない。走るのも速かったりして。この市中を風みたいになって調べ上げてるんだよね、きっと。まるで女忍び？」

三吉はすっかり感心している。

それでも、季蔵と顔が合うと、

「もう、あまり時はありませんから」

お美代はこの言葉を繰り返した。

たしかに小伝馬町《こでんまちよう》の牢《ろう》に囚《とら》われている絵師安芸川清州に、裁きが下る日が刻一刻と近づいていた。

昼餉近くに訪れ夕餉前には帰って行くおき玖は、お美代とほとんど顔を合わさなくなった。

「ま、あたしが足手まといになってもいけないしね。それとどうしても八丁堀のお役宅を出てくって言い張ったの、お美代さんの方だったから。田端様に見つかるのが困るっていうだけじゃなしに、もっと何か、強いものを胸に秘めてたような気がする」

おき玖は少々寂しげにため息をついた。

この日、夜更けてもお美代が戻らず、季蔵が三吉を帰した後、店でお美代の帰りを待っていると、

「開けてっ、開けてくださいっ」

緊迫したお美代の声が戸口で響いた。

急いで油障子を引くとお美代が立っていた。何と隣りに長身痩軀《そうく》の田端が添っている。

一瞬夜目のせいで仲良く並んでいるように見えた。

――そもそも夫婦なのだから、お美代さん一人が意気がらず、田端様も身重であることに拘《こだわ》りすぎず、お二人で力を合わせて真の下手人を挙げればよいのだ――

「これはお揃いで」

親しく声を掛けようとした季蔵だったが、

——しかし、この匂いは血——

ぎょっとした。

「田端様」

蒼白《そうはく》の田端は肩口から夥《おびただ》しい血を流していて倒れかかり、季蔵は慌てて抱き止めて支えた。

「とにかく中へ」

季蔵が田端を抱きかかえるようにして小上がりへ上がろうとすると、その手を振り払い、

「迷惑がかかるゆえ、上へ」

相手は渾身《こんしん》の力を振り絞って二階への階段を自力で上がっていく。血はまだ流れ続けていて階段が滑りかねない。田端がよろめいて足を踏み外した時は全身で支える覚悟で季蔵が続いた。お美代はその後ろをやはり、物音一つ立てずに上がってくる。

急いで床を延べ、寝かせ、晒しを用いて咄嗟の血止めを済ませた。夜はまだ長く深い。

——まずはこのことをお奉行にお知らせせねば——

季蔵は自身の雇い主でもあり、田端の上司にも当たる烏谷椋十郎に宛《あ》てた文を、近所に住む独り身の若者に頼んだ。

油障子を叩いて、起こすと、

「ちょい、これなんすけどね」

相手は盃を傾ける仕種《しぐさ》の後、不機嫌そうにふわーっと大あくびをしたが、

「人の命がかかってるんだ、辻斬《つじぎ》りだと思う」

季蔵が畳み込むと、

「合点でやす」

目が完全に覚めた様子で烏谷のいる南茅場町へと走り出してくれた。

「眠っては駄目、駄目です」

時折お美代がややもすると浅い息のまま目を閉じようとする田端の頬《ほお》を叩いた。

やっとあたりが白んできた。しかし咄嗟の血止めは限界にきていて、肩口の晒しが血の色に染まっている。

——首や胸、腹といった急所は外れていても、あまりの深傷《ふかで》で、このままでは血を失いすぎて命を落とす。今すぐ傷を縫ってもらわなければ——

するとそこへ、

「ごめんください」

階下から声がかかり、季蔵が階段を駆け下りていくと、

「北町のお奉行様の命で参りました。松山玄瑞《まつやまげんずい》と申す蘭方医でございます」

駆け付けた若い蘭方医の松山玄瑞は、開いたまま、出血し続けている田端の手負いの傷は縫い合わせなければならないと告げた。

「ここまでの深傷ですと、もはや、血止めや膏薬《こうやく》などでは持ちこたえられません。患者が

動かないように押さえていてください」

「はい」

応えたお美代は枕元で田端の両手を押さえ、季蔵は両足に自身の両手を固定させた。

松山玄瑞の縫合は迅速にして鮮やかだった。しかし、太めの縫合針と絹糸が何度も傷口に触れて縫い合わされる痛みは相当なものであった。

この時、二人がかりで力いっぱい四肢を押さえつけていなければ、痛みに耐えかねた田端の身体は、自分の意志ではもう何ともならず、ばたばたと暴れ出していたことだろう。

田端と季蔵は共に全身に冷や汗を掻き、お美代はただただ涙を流していた。

第二話　山ごぼう

一

松山玄瑞《まつやまげんずい》が治療を終えて帰っていくと、次には牢医《ろうい》でもあり、骸検分《むくろけんぶん》では顔馴染《かおなじ》みの漢方医戸田芳庵《とだほうあん》が戸口に立った。芳庵はいつも忙しがっている、愛想のない小柄な老医者で、小さな頭に坊主は不似合いだった。

巧みな縫合痕《ほうごうあと》をちらと目にした芳庵は、

「血を失う死からは免れても、熱で身体《からだ》がもたずに死ぬ者はおります。お奉行様《ぶぎょう》から決して死なせてはならぬと仰せつかっております。この容態によく効く薬がございます。どうかお任せを」

その場で薬籠《やくろう》から何種もの煎《せん》じ薬を取り出し、

「筆、紙をお願いします」

達筆でそれらの用い方を書き置くと、

「実は往診がもう一件ありまして――」

そそくさと出て行った。

お美代《みよ》と季蔵《としぞう》は交代で看病を続けた。

投薬して一刻半《いっときはん》（約三時間）ほど経《た》つと、薬が効いたのか、田端《たばた》の熱は徐々に下がり始めた。

「やっと一安心ですね」

「ええ」

季蔵はお美代と安堵《あんど》の面持ちで頷《うなず》き合った。

季蔵は店に出てきた三吉《さんきち》に事情を話した。

「今日はおまえに任せる、困った時の神頼み、あれを今からやってくれ、いいな？」

「わかった」

三吉は神妙な顔で大きく頷いた。

松次《まつじ》が駆け付けてきた。

「だ、旦那《だんな》はどこだ、どこなんだい？」

ここまで興奮している松次を見たのは初めてであった。

「二階においでです」

季蔵は努めて平静な声で応《こた》えると人差し指を天井に向けて立てた。

「容態はどうなんだ？」

松次は興奮からまだ醒《さ》めていない。

「熱が引き始めて、何とか山は越えたようですが、まだ安心はできません」

季蔵の言葉に松次はほっと息こそついたが、次には、

「い、いったい、どこのどいつの仕業なんだ？」

金壺眼《かなつぼまなこ》の四角い顔が今にも嚙《か》みつきそうな犬の形相になっていた。

「それはまだ――、すみません」

季蔵が項垂《うなだ》れると、

「まあ、いい、そいつはいずれ俺がこの手でふん縛《じば》ってやるから。それよか、とにかく、さっきお奉行様から使いが来て驚いたよ。どうせなら、お奉行様だけじゃなしに俺にも報《しら》せてほしかったぜ」

文句こそ言ったが、多少は気持ちが鎮まってきたのか、

「これでもまだ、起こされても起きられねえ、老いぼれじゃあねえつもりだよ。あんた、寝てねえんだろ？　店もあるんだし、これから一寝入りしな、旦那には俺が替わって付き添う」

金壺眼に配慮がこめられた。

「今はお美代さんが田端様を看《み》ています」

「あんな身体で？　そりゃあいけねえや、腹の子に障る、とにもかくにも寝かしてやんなきゃあ」

松次は階段を駆け上っていった。

ほどなく二階から下りてきた松次は、

「旦那がこんな日に遭《あ》ったのは自分のせいだから、ここはどうしても、替わってもらうことはできねえなんていうんだよ、ありゃあ、梃子《てこ》でも動かねえな。美代吉《みよきち》を名乗って娘岡っ引きを気取ってた、おちゃっぴいとあんまし変わらねえ女と同じだとは到底思えねえ。けど、一つわかったことがある。夫婦《めおと》になって時が過ぎても、美代吉だったお美代坊は田端の旦那に惚《ほ》れてるってことさ。立派すぎる姑《しゅうとめ》さんとやってってるのが、お美代坊には苦労すぎるんじゃねえかと俺は思ってて、だから、あん時もできてもいねえのに子ができたと思いこんじまったんじゃねえかと、案じてたもんだから、これほどめでてえことはないよ。でも、腹の子は旦那と同じくらい大事なはずだろ？　無茶無理はいけねえよ、なあ？」

季蔵に同意をもとめてきた。

「休むよう、もう一度勧めてみます」

そう躱《かわ》してみたものの、

――お美代さんは驚くほど手強《てごわ》い。そして、あの天真爛漫《てんしんらんまん》だった美代吉とはたしかに別人のように秘密めいてさえいる。わたしたちではとても歯が立たない。田端様がどうしてこのような目に遭われたのかも、果たして、話していただけるものか、どうか？――

お美代への不可解さを募らせていると、使いの者が烏谷《からすだに》の文を届けてきた。

本日、昼過ぎてほどなくそちらへ行く。昼餉《ひるげ》の膳《ぜん》、必ず用意のこと頼む。

烏谷

この文を見せられた三吉は、

「お奉行様がお昼においでなさる、どうしよう、どうしよう」

早速不安に陥った。

「何をおろおろしてるんだ？　もう支度を始めてるだろうに？」

すでに竈《かまど》では大釜が湯気を上げ飯が炊《た》かれていた。匂《にお》いが何とも芳《かんば》しい。

「そりゃ、そうなんだけど──。これってさ、毎年、お客さんたちが目の色変えてくれるぐらい、楽しみにしてるだろう？　だからさ、金輪際失敗できないし、そういうのおいら応《こた》えるんだよね」

「俺が手伝うよ、手持ち無沙汰《ぶさた》だし、その方が気が紛れる」

そばにいた松次が素早く慣れた手つきで襷《たすき》を掛けた。

「昼餉は握り飯かい？」

松次はぐるりと厨《くりや》を見廻《みまわ》した。今のところ、厨では竈で飯が炊かれているだけであった。

ただし勝手口が開いている。

「そうじゃあないんだけど──」

三吉は裏庭に七輪を運んで火を熾《おこ》そうとしていた。

「これから拵《こしら》える料理は握り飯よりは手間がかかるんだな」

「ん、まあ」

「それじゃ、そいつは俺がやろう」

「ありがとうございます」

勝手口を抜けていく松次に季蔵が礼の言葉をかけた。

松次は七輪の前に座って、勝手口に立っている季蔵の方を見た。

「そういや、季蔵さん、そろそろ、かど飯賄《まかな》いの時季だね。ついつい旦那の様子のことばかし気になっちまっててもいけねえ。申しわけねえ気もするが、好きな菜や飯のことを考えてると紛れる。こりゃあ、食い物に卑しい奴《やつ》の数少ねえ取り柄だわな」

手際よく炭を熾した松次はぱちぱちと瞬いて目をしょぼつかせた。

ちなみにかど飯は客の誰《だれ》もが待ち望んでいる塩梅屋の秋賄いであった。

これには旬の焼いた秋刀魚《さんま》が使われる。秋刀魚飯ではなく、かど飯と呼ばれてきたのは、脂が多く、焼くと周囲に紫色の煙がたちこめる秋刀魚は、家の中では到底焼けず、家のかど、つまり庭に出て焼かねばならないからである。

従来のかど飯は振り塩して焼いた秋刀魚の身を毟《むし》り、醬油《しょうゆ》、酒、味醂《みりん》、おろし生姜《しょうが》を加えて炊いた味付き飯に混ぜ込み、おろし大根をたっぷりと載せる。好みで山椒《さんしょう》の粉や七色（七味）唐辛子《とうがらし》を振ることもある。

脂のよくのった焼き秋刀魚のかど飯は、なまじの鰻飯《うなぎめし》よりも、財布に優しい分、旨《うま》さも募ると絶賛されてきている。

「実はこれから三吉に、今年かど飯を拵えてもらおうと思っているのです」

「今年かど飯？　変わりかど飯ってことだね？」

「ええ」

「そいつは面白い。いつものかど飯は味付けして炊いた飯の味が鰻飯のタレかけ飯にそっくりだろう？　それだもんだから、旨いのは鰻飯か、かど飯かなんていう話にもなった。ところが、今炊いてるのは白いままの飯だろ？　こいつが果たして、いつものかど飯を凌《しの》ぐことになるか、どうかってえのに興味津々だ」

松次は金壺眼を愉快そうにぐるりと廻《まわ》しかけて、

「ああ、でも、今、こんなこと――」

一命を取り留めかけている瀕死《ひんし》の田端を思い出して目を伏せた。

三吉の方はまず俎板《まないた》を取り出して、山ゴボウの醬油漬けと、常備してある生姜の醬油漬け適量を大きめのみじんに刻んでいた。生姜の醬油漬けには醬油、味醂の他《ほか》に胡麻油《ごまあぶら》を使う。

秋刀魚の下処理をし、塩を振った後、七輪に載せた網で焼く。塩焼き用の秋刀魚の数は十尾以上になった。

「うわあ、大変、おいら、秋刀魚の煙になっちまいそう」

悲鳴を上げかけた三吉に、

「七輪や網は余分にあるんだろう？　二人がかりならば早く焼ける」

松次はもう一台、七輪と魚焼き網を三吉に運ばせ、さっと火を熾して秋刀魚を焼き始めた。

二

特大の飯台が用意されている。そこへまず、炊きたての飯が大釜から移される。こんがり焼けて皮が付いたまま、骨を抜いてほぐした秋刀魚と、みじん切りの山ゴボウと生姜の醤油漬けを加え、味見した後、適量の醤油が廻しかけられてざっくりと混ぜられる。七色唐辛子や山椒の粉は食する際に好みで用いられる。

早速箸《はし》を取った三吉が、

「おいら、いつものかど飯の方がいいな。最後に白いご飯にざーっと醤油を掛け回して味つけるこれ、大人の味かもしれなくて、不味《まず》くはないけど、鰻飯みたいじゃないもん」

率直に呟《つぶや》くと、

「今年かど飯、変わりかど飯は、あっさり粋《いき》な味なんだろうが、甘党の俺もいつもの方がいい。あれは文句なく天下一よ。いつものかど飯はよくよく鰻飯と競《くら》べられてるが、鰻飯のタレときたら、醤油に味醂に砂糖まで入って煮詰められてるだろう？　片や、かど飯は醤油と味醂で飯をうっすら甘辛く炊いてる。その甘辛味に風味があるんだ。秋刀魚が鰻に勝ってるんじゃねえ、飯で勝負がついてんのさ」

松次は贔屓《ひいき》のいつものかど飯についてつい多弁になり、

「俺としたことがいけねえな、旦那の様子を見てくる」

階段へと向かいかけたところに、

「なかなかのかど飯談、しばらく楽しませてもらった、面白かったぞ」

断りも音もなく烏谷が入ってきていた。

とたんに松次の金壺眼が驚いて見開かれ、眉間《みけん》は皺《しわ》で狭まり、

「旦那の大事だというのに、お恥ずかしい、とんだへらず口でございやした」

深々と頭《こうべ》を垂れた。

「いや、この酔狂話が戸口で聞こえてほっとした。さらなる大事とあらばそのような話に興じることもあるまいからな」

烏谷はわははと笑うと、

「さてと、大事の田端の見舞いをせねばな」

階段を上がり、松次がつき従おうとすると、

「すまぬが後にしてくれ」

目だけは笑っていないいつもの笑い顔で断った。

ほどなく下りてきた烏谷は、

「離れを借りる、お美代と話をしなければならぬゆえな。その間、松次よ、田端に付き添っておれ、よいな」

「へえ」

　こうして烏谷はお美代としばし話す時を設けた。

　離れから戻ってきたお美代が二階の田端の元へと戻る時、

「お奉行様はこれから、離れで遅い昼餉を御酒と共に食したいとおっしゃっています」

　烏谷の意向を伝えた。

　季蔵は早速、今年かど飯を盛りつけた飯茶碗《めしぢゃわん》と盃《さかずき》を膳にのせて離れに運んだ。すでに火の熾《お》きている長火鉢では酒に燗《かん》がつけられている。

　まずは燗の酒を一口ぐびりと呑《の》んだ烏谷は、

「おう、まだそれほど寒くはないが、熱燗はこの今年かど飯には合うな」

「恐れ入ります」

「今年かど飯の飯はうっすら甘辛ではない、醤油を掛け回して仕上げるのだと戸口で聞いて、すぐにこれには酒が合うと思った」

　七色唐辛子を振りかけて箸を取った烏谷は、

「思った通りだ。これは酒呑みのかど飯でもあるな。醤油の利いた山ゴボウも生姜も歯触りがよく、混ぜ飯とはいえ、焼いた秋刀魚の皮の香ばしさが塩で生きていて、何とも醤油味と塩味の調和が絶妙。菜というよりも肴《さかな》の趣がある」

「ありがとうございます。さっ、こちらも」

　季蔵は酒も勧めた。

「後は手酌でやる」

烏谷は盃を傾け続けつつ、

「いけるものよのう」

今年かど飯三膳をぺろりと平らげた。

——そろそろだろう——

烏谷が離れで季蔵と向かい合うのは、塩梅屋の主《あるじ》手ずからのもてなしを受けるのが目的ではなく、隠れ者としての主に伝えることがあったり、命を下したりするためであった。数々の料理でもてなすのは、たまたま、先代隠れ者の長次郎《ちょうじろう》が料理人でもあり、巨漢の烏谷が大がつくほどの食通だったからにすぎない。

「先ほどおおよそのことはお美代に訊《き》いた。わしは地獄耳ゆえ、お美代が何のために田端のところを出ているかは知っておったがな——」

ここで言葉を切った烏谷は、まん丸な瞳《ひとみ》の大きな目を見開いて季蔵を見据えた。

「身重のお美代さんが田端様のお役宅を出てまで、幼馴染《おさななじ》みのお玉《たま》さんの御亭主の身の証《あかし》を立てようとする理由が今一つわからないのです。おき玖《く》お嬢さんは身重になったがゆえの想《おも》いだとおっしゃってはいるのですが、とてもそれだけとは思えません。真の下手人がいて、そいつを捕らえるとすれば、おちゃっぴいを拐《かどわ》かして殺したという相当な悪党で、どんな危険が待ち受けているともしれないのですから——」

「わしもそれが引っ掛かっていた。何しろ、可愛《かわい》かったあの娘岡っ引き美代吉が同心の新造におさまってから、結構な月日が過ぎておるからな。岡っ引きで捕り物上手だった父親譲りの軽い身のこなしなどは、身重になっても変わらぬが、今ではどこから見てもすっかり落ち着いた役人の妻だ。やっと授かった子も腹に宿していることだし、いくら幼い子らを抱えた幼馴染みのためでも、ここまでの無謀はとても考えられなかった。わしはどうしてここまでするのかと、深く突っこんでお美代に訊いた」

「それでお美代さんの答は？」

知らずと季蔵は身を乗り出していた。

「幼馴染みの亭主だからという一点張りだった」

烏谷は太いため息をついた。

「これには何かよほどの事情がありますね。幼馴染みのお玉さんに訊いてみてはと思うのですが——」

「察しがいいな、実はそれをそちに頼もうと思うていた」

「それでは早速——」

「よろしく頼む」

そこで烏谷は燗をつけたばかりの酒の方をぐいと睨《にら》んで、

「冷や酒をきゅっとやりたいところだが、ぬるめでもよかろう」

空いた飯茶碗にどぼどぼと注《つ》いで一気に飲み干した。

「どうだ？　この様は田端のようであろうが？」

「ええ」

「あやつにも早くこのように酒を浴びさせてやりたいものよな」

「田端様が襲われた大事についてお美代さんにお訊きになりましたか？」

烏谷は豪放磊落《ごうほうらいらく》を装って、思いつきの洒落《しゃれ》話に長じているように見せてはいるが、少なくともここにこうして陣取っている時は無駄話とは無縁であった。勿論田端の容態を案じてはいるのだろうが、それだけを言いたいのではなかった。

「もちろん訊いたぞ。さすが元娘岡っ引きだけあって、襲われた時のことを仔細《しさい》に覚えていた。元大工町《もとだいくちょう》の谷房《やつふさ》稲荷に田端はお美代に、お美代は田端に呼び出されていたという。会った二人がどちらも呼び出してはいないと知ってすぐ、抜刀した何人もの侍たちに取り囲まれ、腕に覚えのある田端はお美代を守って応戦はしたものの、相手は多勢の上、手練《てだ》れとあって深傷《ふかで》を負い、二人して逃げるのがやっとだったそうだ」

「文で呼び出したのならばお二人は長く暮らしてきた夫婦ですから、手跡で見破れるはずです。呼び出しは言伝《ことづて》ですね」

「どちらも子どもだったそうだ。お美代は誰に頼まれたのか、その子に訊いたそうだが、〝おじちゃん〟とだけ応えられては先を辿《たど》りようがない。おそらく田端が訊いていたとしても同様だろう」

「刀を抜いた侍の風体は？」

「頭巾《ずきん》をかぶっていたので顔はわからなかった。そのうえ昨夜の月は細かったが、着ている物は用心棒などに雇われる浪人者たちのようなむさ苦しいものではなかったという」

「月が出ていたとはいえ、提灯《ちょうちん》は持っていたはず。もしや、お美代さんは家紋を見ていたのでは？」

「わしもそれを期待して訊いてみたが、そこまではとても見定められなかったそうだ」

「この一件に小間物屋の一人娘だったお絹《きぬ》の殺しや、もはや、同じ下手人による拐かしとしか思われない、古着問屋の孫娘お満《みつ》の神隠しが関《かか》わっているとお思いですか？」

季蔵はずばりと烏谷の真意を訊いた。

「そのように確信しているからこそ、わしはお美代に話を訊き、こうしてそちに話しておる。もちろん、牢内にいるお美代の幼馴染みお玉の亭主安芸川清州《あきかわせいしゅう》は下手人ではあり得ない」

烏谷は大声で言い切り、

「とはいえ、このままでは清州さんに咎《とが》が着せられ処刑されてしまいます。ことは急ぎますので、ここは辞させていただきます」

季蔵は烏谷に一礼して離れを出た。

三

「松次親分を呼んできてくれ」

季蔵に命じられて三吉は松次を二階に呼びに行った。

階段を下りてきた松次は、

「旦那の容態は落ち着いてる、よかったよ」

ほっと安堵のため息を洩《も》らした。

「実は――」

季蔵は烏谷から聞いた話を告げて、絵師安芸川清州とお玉たちが住んでいるところへ案内してほしいと頼んだ。松次は商売柄、市中のどこに何があるか、誰が住んでいるかについてはよく知っていた。

「するってぇと、旦那たちが襲われた奴らをふん縛るには、お美代坊の幼馴染みのお玉に話を訊くしかねえんだな。お安いご用だ、清州とお玉たちの住まいなら因幡町《いなばちょう》の雀《すずめ》長屋だよ。お絹の骸が見つかって清州がお縄になった時、俺は立ち会ったんだ。雀長屋は雨漏りがひどく、その分店賃が安い。それで、こりゃ、きっと違うと思うには思ったんだよ。あいつは実入りのいい絵描《えか》きたちみたいに、絵を描いたり、好いた女を連れ込んだりするための別の家を持ってもいねえしね。拐かした娘を隠す場所なんてねえはずだ。それでいてそいつを声に出来ねえのが、こちとら岡っ引き風情の辛《つら》いところなのさ」

渋面で心の裡《うち》を語った松次は季蔵と共に雀長屋へと向かった。

秋の陽《ひ》が急速に沈みかけていた。雀長屋の木戸門は薄闇《うすやみ》の中でも朽ちかけているのがわかった。路地には紫色の煙がたなびいている。ただし姉《あね》さん被《かぶ》りをしたかみさんたちが、路地で焼いている秋刀魚の香ばしい匂いは、何とも温かく芳しくさえあった。

七輪の火に近づけて焼く秋刀魚は油断するとすぐに焼け焦げてしまうので、

「邪魔するよ」

「お邪魔します」

二人が挨拶《あいさつ》を繰り返しても、

「あら」

「ああ」

女房たちの目は網の上の秋刀魚に注がれたままであった。

二人はお絹と子どもたちの住む奥まった棟割りの前に立った。ここでは秋刀魚は焼かれていないが、その匂いは外にこぼれてきている。

「邪魔するよ」

松次が建て付けの悪い油障子《あぶらしょうじ》をガタピシと音をさせながら引いた。

お玉と思われる、器量好《きりようよ》しでこそなかったが、童顔のせいで、とても二人の子持ちには見えない女が土間に立っていた。

竈で湯気を立たせている釜からは麦や稗《ひえ》、粟《あわ》等、入り混じった雑穀の匂いがした。

板敷の上では年子と思われる年齢のあまり変わらない、六、七歳の男女の子らがごろりと横になっていた。

「お腹空《す》いた」

女の子が呟くと、

「空いた、空いた、腹、腹、腹」

男の子が高い声を上げた。

さらに、

「もう何日もお粥《かゆ》だよ。お椀《わん》に顔映ってたけど、食べたら無くなっちゃった。連れてかれちゃったおとっつぁん、ああいうの、水鏡《みずかがみ》っていうんだって言ってたね。水鏡って綺麗《きれい》な言葉だよね、あたし、優しいおとっつぁん、大好き。早く帰ってきてほしいよう。神様にもう一度お願いしようっと」

泣き声になった女の子は起き上がると、宙に向けて手を合わせた。

「馬鹿、そんなことしたって、神様だってお役人には勝てっこないんだよ。おとっつぁんを連れてったお役人は悪い奴なんだ」

どうやら、男の子の方が兄のようだった。

――こりゃ、いけねえな――

素早く松次と季蔵は油障子の陰に身を隠した。

「もうすぐだからね」

お玉は鍋《なべ》で三枚に下ろした秋刀魚の切り身の半身を、刻んだ山ゴボウと一緒に煮ていた。

――珍しいが時季ものだからな――

外へ漂ってきていたのは秋刀魚に生姜を加えた甘辛味で煮る匂いであった。

雑穀飯が炊き上がった。

お玉は小さな飯台へそれをあけ、佃煮《つくだに》かと思うぐらい煮染めた秋刀魚をほぐし、山ゴボウを混ぜて仕上げると、

「さあ、出来たよ。お腹いっぱいお食べ」

板敷の子らに箸を持たせて座らせ、茶碗に杓文字《しゃもじ》でよそいつけて二人に渡した。

「わーい」

「飯だ、飯だ、粥なんかじゃない飯だ」

歓声を上げた子らはあっという間に、三合ほどは雑穀の量があった飯台の中身を平らげると、

「食べ終えたら口は濯《すす》ぐのよ。むしばになったら痛い思いをするんだから」

お玉に言われた子らは汲《く》み置いた水を口に含んで外にでて、吐き出すと、

「お腹いっぱい、気持ちいい」

「何だか、眠くなってきちゃった」

板敷へと戻ってすやすやと寝息を立て始めた。

「すっかり、お待たせしてすみません」

お玉は油障子の陰の二人に詫《わ》びた。

「あんたは食べねえのかい？」

松次に訊かれると、

「大人は水で何とか凌《しの》げますから」

応えたお玉は湯呑みに湯冷ましを注いで、

「お恥ずかしいんですけど、お茶っ葉はとうに切らしてしまってて――」

二人に勧めた。

「今更って思われるかもしんねえが、俺たちはあんたの亭主への疑いを晴らそうとしてるんだ」

「ありがとうございます」

礼は口にしたものの、お玉の顔は暗かった。

「信じてねえのかい？」

「申しわけありません」

お玉は板敷に上がると、奥の行李《こうり》から巻物を取りだし二人の前に広げた。

巻物は絵巻で、生まれた赤子が産湯を使っている様子から、育っていく子らの姿を凧揚《たこあ》げや独楽《こま》回し、羽子板、お手玉等の遊び、端午や雛節供《ひなせっく》等を通じて描いたものだった。もっとも兜《かぶと》や雛は草紙屋で売られている紙で出来たものであろう簡素なものだったが、真っ赤な頬をした子らの表情は生き生きと真からうれしそうだった。花見や祭り、縁日等の市中ならではの行事や、子どもの好きな飴売《あめう》りたちの姿も描かれていた。男女の子の顔はもちろん、傍らで眠っているお玉と清州夫婦の子らであった。

「お子さんたちへの愛と想いに溢《あふ》れた温かいよい絵ですね」

季蔵は感動を率直に口にした。

「うちの人は春画は頼まれても、断ることが多かったんで、ずっとこんな暮らしでしたから、せめて子どもたちの成長だけでも描き留めておいてやりたいって言ってました。だから、これを形見にしてくれっていうのが、ここから連れて行かれる時のうちの人の言葉でした。実はこれがひょんなことから認められてこれからっていう時でしたのに――」

お玉の目から堰《せき》を切って涙が溢れ出た。

「認められたってこたあ、売り物になる目処《めど》がついたってことかい？　けど子どもの絵ねえ――。版元がつくのは艶《つや》っぽい女やせいぜいが粋な男、富士《ふじ》なんかのいい景色、汗水垂らして働いてるこっちは、いい加減にしろと言いたくなるような、男一人に女二人、それでも足りずに犬まで褥《しとね》に上がって出てくるってえ、おかしな趣向も描かれてる春画じゃねえのかい？　そういうのは、こっそりお上の目を盗んでちょこっと刷って、助平なお大尽やお大名、大身《たいしん》のお旗本なんかが目の玉が飛び出るような値で買って隠し持ち、眺めちゃあ鼻の下を長くしてるってえ話だぜ」

松次は首を傾《かし》げた。

「うちの人が子どもの育ちを描くのに絵巻でと思いついたのは、懇意にしているお寺で御住職様から地獄絵を見せていただいたゆえなんです」

お玉は〝これから〟について話し始めた。

寺が所蔵したり、絵師に頼んで描かせる地獄絵とは、絵解きで地獄の恐ろしさを皆に伝えて、この世での悪行を慎むようにとの戒めとするものだった。

「地獄絵を見たうちの人は子ども絵巻で、たとえ貰《もら》い子《ご》であっても子を持ち親になることの幸せを伝えたい、子どもの幸せを願いたいと考えたんです。それで一月ほど前、この子ども絵巻をその御住職様にお見せしたところ、〝寺はあの世の怖さだけではなく、この世の幸せも伝えるべきですね〟と大変感心してくださいました」

「その御住職が〝これから〟の恩人ですね」

季蔵は言い当て、

——わかんねえよ——

松次は目を白黒させた。

「ええ、そうです。長く跡継ぎに恵まれず、やっと初孫ができたり、とうとう貰い子することにしたという大店《おおだな》の檀家衆《だんかしゅう》に、子ども絵巻を遺《のこ》すことを薦めてくださったんです。子どもたちはたとえお大尽たちの元に生まれて大事にされたとしても、疫病にでも罹《かか》って不運にもあっけなく逝《い》ってしまうこともあります」

お玉はよく眠っている我が子たちを目の端に捉《とら》えつつも、不運な世の子らを想い、切なげにため息をついた。

——たしかに子どもの命に生家の貧富による差はない。まさに七歳までは神の内と言われる所以《ゆえん》だな——

「富裕な檀家衆から是非にと子ども絵巻の注文が来たのですね」

季蔵の言葉に、

「子ども絵巻を描いてもらい続ければ、お守り代わりになって丈夫に育つような気がする、もし、目に入れても痛くない孫を失うようなことがあっても、さまざまな楽しい思い出を遺すことができるというお考えのようでした。でも、うちの人はどんなに描いてさしあげたくても、牢の中で明日をも知れぬ身、きっともう、皆様の子ども絵巻の描き手とはなれません」

声を詰まらせつつ応えたお玉は片袖《かたそで》を目に当てた。

四

「幼馴染みのお美代さんも清州さんの子ども絵巻に感動されたのでしょう？」

季蔵は訊かずにはいられなかった。

——この絵巻が身重の身に与える感慨は、はかりしれぬものがあるはずだ——

「いえ」

お玉は涙を手の甲で振り払って、

「先ほどうちの人の身の証を立ててくださるとおっしゃってくれたお二人だから、お見せしました。とかく世間では、絵師は枕絵《まくらえ》ばかり描いて糊口《ここう》を凌いでいると言われています。艶めいた場面を描く技を高めるために女漁《あさ》りは当然のことのようにも思われています。ですから、安芸川清州もその一人で、女漁りが極まって、若い娘相手におかしなことをする癖があるのではという疑いを無くしてほしかったからです。ですけど、お美代ちゃんにはこれを見せてはおりません」

　意外な事実を口にした。

「それはまた、どうしてですか？」

　季蔵は不可解だった。

　――おき玖お嬢さんを見ていても、悪阻《つわり》など、身籠《みご》もっている日々はそうそう楽ではない。この絵巻物はお美代さんに、子どもとはこれほど可愛いものなのだと、生まれ出てくる我が子への期待と愛《いと》おしさを十二分に伝えるものだ。ようはお腹の子にたいそうよいものだというのになぜ？――

「あたしとお美代ちゃん、たしかに幼馴染みですよ、あたしが三つ年上でね。でも、もう、十年以上会ってないんです。あたしもお美代ちゃんが八丁堀《はっちょうぼり》の旦那の御新造様になってるなんて全然知りませんでしたし、お美代ちゃんだって、清州が人殺しの疑いで、番屋に連れて行かれたことを御亭主に聞くまで、あたしの居所やどうしてるかなんてことも知らなかったはずです」

　お玉はやや投げやりな口調になった。

「それでも、清州の女房があんただとわかって、一時お美代から娘岡っ引きの美代吉に戻って、あんたの亭主を助けようとしたんだよ」

　松次はお美代の情を有り難く感じているどころか、つっけんどんな様子のお玉にむっとしている。

「訪ねてきたお美代ちゃんに子ども絵巻を見せなかったのは、そこまで親しくなかったからですよ、あれは亭主の形見になるかもしれない、大事な大事なものですもの――。あの子が娘岡っ引きになったなんてことも、あたしは知らないし、それも昔のことで、今、あんな身体でいったい、何ができるっていうんです？　ああ、思い出したわ、あの子、岡っ引きだったおとっつぁんを真似《まね》て、女だてらに、虐《いじ》められてる子を庇《かば》って、虐める悪がきたちとやり合ってましたっけ。清州を助けたいっていうのも、子どもの頃《ころ》と変わらないそんな気持ちなんでしょうけど、ことがことだけに、正直、鬱陶《うっとう》しいくらいでしたよ」

お玉も眉《まゆ》を寄せて切り返し、

「ですから、あたしの頼りはこうしておいでになってくだすったお二人だけです。どうかどうか、よろしくお願いします、この通りです」

泣きながら土間にしゃがみ込んで両手をついた。

この後、目を覚ました子らが、

「おっきなおっきな大福が夢に出てきたんだよ、おっかさん、食べようと思って手を伸ばしたとたん消えちゃった。食べたいよお」

「あたしは白くて綺麗な小鳥さんの飴細工をおとっつぁんに買ってもらってた。やっぱし、おとっつぁんに会いたい」

無邪気に夢の話をし始めたのをしおに二人はお玉の住まいを辞した。

「どうもねえ」

松次は渋面で、

「あの女がしっかり者で、亭主と子を想ってるってこたあわかるんだが、あそこまでやってる美代吉、いやお美代坊について、あんなにあしざまじゃ、好きにはなれねえな。それとも、三十俵二人扶持の軽禄《けいろく》とはいえ、その御新造様におさまってるお美代坊への僻《ひが》みかね？　あるだろう？　とかく女にはさ。そうそう、お玉の実家はそこそこ流行《はや》ってた青物問屋だったんだが、一人娘のお玉が清州と駆け落ちしてから両親はがっくり来て、店を畳んで貯えが尽きた頃、立て続けに流行病《はやりやまい》で死んじまってる。お美代坊の方はというと、父親善助《ぜんすけ》が岡っ引きなんだから、知っての通り、生まれてこのかたずーっと貧乏暮らしだ。そんな昔を知ってて、暮らしぶりが逆さになってみると、昔よかった方は尚更《なおさら》、僻みが募るっていうぜ」

ふうとため息をついた。

「わたしはお玉さんはお美代さんへの真の想いを隠していて、わざとあんな言い方をしたのではないかと思います」

季蔵は正反対の自分の考えを口にした。

「あのお玉が芝居をしてるってことかい？　そりゃ、また何のために？」

松次は仰天した。

「身重のお美代さんを危ない目に遭わせないためでしょう。訪れたお美代さんにも冷たく接したことと思います。お美代さんはあの子ども絵巻を見せていないというのに、あそこまで思い入れていました。あれを見たらどこまで突っ走るか――、それこそ命に関わるやもしれません。お玉さんはお美代さんを案じたのです、これは深い思いやりです」

「お美代坊とお玉には二人にしかわからない、特別な強い絆《きずな》があるってことかい？」

「おそらく。そして、それが何であるかさえわかれば、それが糸口になって、清州さんの身の証《あかし》を立てられるのではないかという気もします」

「そうとなれば、何が何でもお美代坊に訊かなきゃなんねえ」

そう言い放った松次は番屋へ戻らずに、お美代が田端の看病をしている塩梅屋へと急いだ。

戸口を入るなり、二階へと階段を駆け上がった松次に季蔵は続いた。

お玉から聞いた話を告げた松次は、

「旦那の御新造様ではなしに、遠くへ嫁いだ娘のお薗《その》とも仲良しだった、昔馴染みのお美代坊、父親の善助が師匠になって、そりゃあ、厳しく仕込まれた娘岡っ引きの美代吉ってことで訊くぜ」

「でも、旦那様が――」

お美代は昏々《こんこん》と眠り続けている夫を見つめた。

「おまえ、何かお玉のことで隠し事をしてねえか。それと関わって、田端の旦那もこんな酷《ひで》え目に遭ったのかもしんねえんだぞ。だとしたら、旦那だって夢うつつとはいえ訊きてえだろうよ。かまわねえだろう、ここで話しな」

松次は促した。

「どう話したらいいのかと――」

お美代は居たたまれないような不安な面持ちで、季蔵に向けて助けを求める視線を投げてきた。

「お玉さんとあなたは無二の親友でしたね」

季蔵はお美代の話に先鞭《せんべん》をつけた。

「ええ」

お美代は深く頷いて、

「あたしたち二人とも他に兄弟姉妹のいない一人《ひとり》っ娘《こ》でした。なので、あたしはお玉ちゃんを頼り甲斐《がい》のある姉さんみたいに慕っていて、お玉ちゃんはあたしのことを少々、血の気が多くて危なっかしい妹みたいに可愛《かわい》がってくれてました」

やっと話し始めた。

「そんな二人がなぜ、何年も互いに消息や居所を報せ合わずにいたのです？」

「あることがあって――」

お美代は俯《うつむ》いた。

「あることっていったい何だ？」

松次は追及する。

「おとっつぁんは長田《おさだ》精兵衛《せいべえ》様に長年お仕えしていました。長田様といえば、定町廻《じょうまちまわ》りの頃は名同心と謳《うた》われたほど同心の中でも抜きんでた捕縛の数で有名で、定町廻りを退《ひ》かれた後は臨時廻りを何年も務められた後、悠々自適の隠居暮らしをなさっていて、ずっとおとっつぁんとつきあいがありました」

そこで一度お美代は言葉を切り、

「長田精兵衛様なら知ってるぜ。岡っ引きなら皆、一度はお仕えしたいと敬い、憧《あこが》れてた伝説の名同心さね。俺も遅く生まれすぎたと悔いたもんさ」

松次は相の手を入れた。

「そんな長田様をあなた方はよく知っていたのでは？」

季蔵は話の胆へと誘導した。

「ええ。青物好きの長田様はお玉ちゃんの青物屋にもよくみえていて、お玉ちゃんとも顔馴染みになりました。どこから見ても人のいいお爺《じい》さんに見える長田様でしたが——」

お美代は肩口を小刻みに震わせた。

「その長田様には老いてからか、お役目に就いている頃はこっそりとしていたのか、若い娘さんに悪さをする癖があったのでは？」

季蔵の指摘に、

「そんな馬鹿言っちゃ困るぜ」

松次は憤ったが、お美代はこっくりと頷いた。

「あたしたちは世間知らずの無邪気なおちゃっぴいでしたから、はじめのうちはいろいろ買ってくれる、気前のいいお爺ちゃんの長田様にすぐ懐きました。でも、そのうちに、三人だけになると、長田様はお玉ちゃんのところで買った胡瓜《きゅうり》や茄子《なす》の背を撫《な》でたり、頬ずりしながら、〃いぼいぼとするりっ、これはどっちもとっても気持ちがいいんだよ、はて、どっちがどうかかな。本当だ、そのうちわかる、優しくわからせてあげるからね。そういう遊びにつきあってくれたら、もっともっといろいろ買ってあげるよ〃などと言って、下駄《げた》を履いたあたしたちの足に下から上までなめるように見入ってました。吐き気がするほど気持ちの悪い赤い目でした。その時のお玉ちゃん、今回みたいでしたよ。〃あんたがいると長田様に買ってもらえるもんが半分になるから、もう仲良くしない、うちにも来ないで〃ってわざと冷たくあたしのこと突き放したんです」

「そうやって、お玉さん一人が犠牲になったのですね」

「その通りです」

「長田様からの貰い物を一人占めしたいという口実で、お玉さんはあなたを寄せ付けなくなった。どうして、もうあなたと仲良くしなくなったお玉さんが、遊びを強《し》いられて犠牲になっていたのだとわかったのです?」

季蔵は訊かずにはいられなかった。

五

「お玉ちゃんにもう友達づきあいはしないと言われて、会わなくなってから二年は過ぎていたと思います。忘れもしない夏の夕刻でした。〃お美代ちゃん〃とあたしを呼ぶなつかしい声が勝手口でしました。あんな嫌なこと言われたのにあたし、不思議にお玉ちゃんのこと、嫌いになってなかったんです。お玉ちゃん、〃おじさん、居る？〃って、おとっつぁんのこと訊いてきて、〃捕り物があっていない、中へ入る？〃って勧めても、〃でも、やっぱりここで〃って、裏で話しました」

「お玉さんには遊びを強いられる理由があったのですね」

「お玉ちゃんの店では何年か前に近隣の畑が凶作に見舞われた年に、高騰した青物の仕入れのために長田様にお金を借りて返せずにいたんだそうです。それが高利で、借金の額は嵩《かさ》むばかり、そのことを両親が話しているのをこっそり立ち聞きしたお玉ちゃんは、度重なる遊びの意味もわかって、覚悟を決めたのだということでした。慣れればどうということはないと思おうとしたけれど、やっぱり嫌さは募り、自分が汚れ続けているようで堪《たま》らず、ある日、子どもたちが陣取りで遊ぶ姿をぼんやりと見ていて、気がついてみると一緒に見ていたのが安芸川清州さんだったそうです。その目が天空のように清らかで思わず吸い込まれそうになったって、初めて恋に落ちたんだって、お玉ちゃん、言ってました。あたしもそうだからわかるけど、こういうの、一目惚れですよね。お玉ちゃんは清州さんと駆け落ちして、江戸を出るつもりだと言い、あたしに別れを告げに来てくれたんです」

「するとお玉さんがいなくなった痛手で、商いを止《や》めてしまった御両親が、病のために相次いで亡くなったというのは真実ではありませんね」

「長田様とお玉ちゃんのことを知った御両親は清州さんとの駆け落ちを薦め、自分たちは借金地獄の上、逃げたお玉ちゃんの行方《ゆくえ》を責め立てられて、もはや耐えられず、娘の幸せだけを祈りつつ自害したのだと思います」

「奉行所の日誌も書き換えられていたというわけですね」

「お玉ちゃんの話では、長田様は同心を務める裏で金貸しをしていて、隠居後も続けていて、これは公然の秘密のようでした。南北の奉行所内でも高利の金を借りていて、言いなりになるしかないお役人たちも多かったのではと――」

「とはいえ、松次親分同様、清廉潔白の石頭だったあなたのお父様、善助親分は違ったはずでは？」

「まだ幼い頃、あたしの母は長く寝ついて亡くなりました。以来おとっつぁんは長田様の下で働いていましたが、何度も、くださる駄賃を押し返しているところを目にしました。その時、おとっつぁんは、〝お由《よし》――おっかさんの名です――の時のご恩がありますから〟という言葉を添えていました」

「善助親分はおかみさんのために した長田様からの借金を、働きで返し続けていたのですね」

「たぶん。お玉ちゃんは〝あの悍《おぞ》ましい遊びにあんただけは巻き込みたくなかった、あの恥知らずの爺は、たとえあんたが自分の右腕だった岡っ引きの娘でも、平気で毒牙《どくが》にかけるだろうから〟って言っていました。今にしてみれば、おとっつぁんが生涯、駄賃を固辞して、借りを作りたくなかったのは、長いつきあいで長田様の邪《よこしま》で冷たく、破廉恥《はれんち》な素顔に気がついていたのかも――」

「それにしてもあなたに何事もなくてよかった――」

ふと口にした季蔵は、きっとこれは草葉の陰の父善助と、この場に臥《ふ》している田端の偽らざる気持ちだろうと思った。

「一度、おとっつぁんの留守を狙《ねら》ってうちへ来たことがありました。おとっつぁんがあたしを娘岡っ引きにしようと仕込み始めた頃でした。あたしは急いで裏から逃げたんです。そんな弱気の自分が嫌で金輪際、負けるものかと、男言葉を使って娘岡っ引きになることに決めたんです。さすがにあたしに娘岡っ引きの評判が立つと長田様は寄り付かなくなりました。たぶん、おとっつぁんは、長田様があたしを見る目に、薄々感づいていたんだと思います」

「まあ、その頃は長田様もあっちの方がめっきり弱ってきてたんだろうな。それから幾ばくもなくだからね、流行病《はやりやまい》で亡くなって、瓦版屋たちがやんやと持ち上げ、野辺送りに嫌というほど人が集まったのは。それにしてもあんなに崇められてきたお人がねえ――」

聞き役に回っていた松次は渋々、お美代の言い分を認める物言いになって、

「もしかして、うちのお薗のことはあんたが守ってくれたんじゃないのかい？　そういやぁ、お薗が〝このところ、お美代ちゃんときたら、お玉ちゃんばっかし相手にしてててつまんない〟なんてぼやいてたことがあったっけ――」

はたと気がついて訊いた。

「お薗ちゃんはあたしより二つ年下ですから、その時はまだ目を付けられていなかったけど、一緒にいたら、そのうちきっととは思いました。何しろ、あたしたちは長田様に付きまとわれてたんで――。それでお薗ちゃんとは、新年にはどっちかの家で歌留多《かるた》取りをしたりと、仲がよかったこともあったのに、手習い所でもわざと声を掛けないようにしてました。あの時はごめんなさい」

お美代はそこにお薗がいるかのように頭を下げた。

「とんでもねえ、礼を言うのはこっちだよ。おかげで行き来するにはちょいと遠いが、川越《かわごえ》で五本の指には入る布団屋の若旦那が市中に商いに来た折に見初められ、俺の娘にしちゃあ、てえした玉《たま》の輿《こし》に乗って跡取りも産んで幸せにやってる、ほんとにありがとよ」

松次の頭も垂れていた。

そんなお美代に、

「これであなたがお玉さんの御亭主であり、子どもたちの父親である清州さんを、何としてでも助けよう、もう一度美代吉になろうとした覚悟のほどはよくわかりました」

季蔵は共感を示しつつ、

「とはいえ、その頃のあなた方の身に起きたことと、今、清州さんが疑われている事件との関わりが、まだ明確には見えて来ていません。何年も前に亡くなった長田様はもはや、若い娘さんを拐かせませんし、悪癖が極まって縊《くび》り殺すこともできません。ならばあなたはどうやって真の下手人を探すつもりでいたのですか？　婚家を出てまでの調べをするからには多少の読みがあったはずです」

　核心に迫った。

「そんな、読みなど――」

　一瞬お美代は目を伏せたが、

「清州さんを助けたくはないのですか？」

　季蔵が畳みかけると意を決して一気に話し通した。

「お玉ちゃんはあの日、あたしと別れ際に、こんなことを洩らしていました。〝覚えてる？　長田の奴《やつ》、あたしたちにお酒飲ませてくれたでしょ。あたしたちが甘酒じゃ子どもっぽすぎるって、背伸びしたいのを見透かしてて。あれ、相変わらずなんだけど、このところ、盃二、三杯であたし、何もわからなくなっちゃうのよね。目覚めた時は頭ががんがんしてて――身体が汚されてる。着物の裾《すそ》に泥が付いてたこともあった。一服盛られて長田の知り合いの連中に犯されてるんじゃないかと思うの。眠らされたまま殺されたってわからない。それで怖くなって、おとっつぁんとおっかさんに話す気になったのよ。あとお願い、約束してね、今日、あたしが話したことは忘れてくれるって――。あたしもお美代ちゃんに居所とか、報せないから、お美代ちゃんもあたしたちを探したりしないで。清州さんはね、汚れに汚れてるあたしのこのこと、全然知らないのよ。おっかさんがね、亭主になる男には自分が目を瞑《つぶ》るまで絶対、言っちゃ駄目だって。でも、お美代ちゃんだけにはあたしのこと全部知っててほしかった。だからもう、一生あんたとは会えない、会わない方がいいの、わかってね〟って」

「あなたはこの時のお玉さんの話に手掛かりがあると察していたのですね」

「はい。訊きづらかったけれど、お玉ちゃんが薬で眠らされていただろう時のことを、もう少し、詳しく訊いておけばよかったと思いました。なので、ここからはあたしの考えにすぎませんが――」

お美代はそう断ってから、

「あの長田精兵衛は世間では誉れある人で通っていました。けれども、悍ましい性癖の持ち主で、お玉ちゃんはそんな長田とつながっている仲間たちにいいようにされていたんです。仲間たちの数は想像がつきませんが、長田の顔の広さはかなりなものだったでしょうから、少なくはないでしょう。そして、この手の悪癖が親たちから息子たちに伝わっていたとしても不思議はありません。そのような悪《あ》しき因果が続くことを、いつだったか、旦那様から聞きました。それであたしはおちゃっぴいのお絹ちゃんが無残な目に遭って見つかったのは、代替わりと共に、そもそもの悪癖がさらに質《たち》の悪いものになったゆえだと思いました。正直、ここまでは所詮他人事《ひとごと》でした。我が子がやっと授かって有頂天になっていました」

一度言葉を切り、眉間《みけん》に皺を寄せると、

「旦那様の話を聞いているうちに、何と下手人扱いされているのはお玉ちゃんの御亭主の清州さんだとわかり、どんなに驚いたことか――。清州さんであるわけがないというのに――。いても立ってもいられず、松次親分にお玉ちゃんの居場所を訊いて駆け付けました。思っていた通り、お玉ちゃんはしごくあたしに冷淡でした。大事な御亭主の清州さんが刑死させられるかもしれないというのに、お玉ちゃんがあそこまで頑《かたく》なに他人行儀を通しているのは、あたしの身を気遣ってだけのことではないのです。あたしの深入りで御亭主と同じか、それ以上に大事な子たちに禍《わざわい》が降りかかるのを案じているのではないかと思いました」

膝《ひざ》に置いた両手を拳《こぶし》に握りしめた。

「それであなたはお玉さん一家を見張ろうと思い立ち、田端様のところを出たのですね」

「お腹の子に、〝お願い、おっかさんの大恩人を助けるお手伝いをしてね〟と呼びかけ、白狐姿の飴売りに化けて、夕刻まで雀長屋の近くをぐるぐると廻っていました。お腹が張って眩暈《めまい》がしてきて、〝おっかさん、苦しいよう――〟というお腹の子の声が聞こえるような気がして、昨日は、早めに塩梅屋に帰ろうとしていたら、道で知らない子どもから旦那様からの言伝を聞きました。お腹の子がおとっつぁんに逢《あ》いたがっているのだと思いました。そろそろ旦那様にきちんと事情を話さなければと思っていた矢先でもあったので、聞いた稲荷に行きました。でも、旦那様に会ったとたん、あんなことに――。今、こんなことを言うのは、殺されかけた奉行所役人の旦那様に申しわけないのですが、あのおちゃっぴい殺しの裏側には今は亡きあの長田と関わって、奉行所のおざなりの調べでは突き止められない、深い深い闇があるのです。その闇を照らさなければ清州さんを、ひいてはお玉ちゃん母子を救うことなどできはしないんです。お願いです、どうか、力を貸してください」

振り絞った声が悲鳴のようでさえあったお美代は、これ以上はないと思われる思い詰めた目で季蔵を見据えた。

六

「もちろんです」

季蔵は相手の目を見て頷き、

「申しわけないなんてあるもんかよ。今ここで聞いてなさる田端の旦那だって、その闇とやらを暴いて一矢報いたいに決まってる。けどね、お美代坊――」

そこで一度言葉を切った松次は季蔵と目と目を合わせた。

――そうだよな――

――そうです――

目と目が頷き合い、

「あんた、もう、充分すぎるほど頑張ったよ。元娘岡っ引きの面目躍如さ。草葉の陰の善助だって大褒めしてるよ。だけど、このまま続けちゃ、きっとお腹の子に障る。俺には〝松次よぉ、何とかお美代を止めて、可愛い孫を死にかけた亭主に抱かしてやってくれ、頼むぜ〟っていう、善助の声が聞こえるようだぜ。あんたにはいいおっかさんになってもらわねえと、俺は冥途で善助親分に合わす顔がねえ。後生だから、これからは俺たちに任せちゃくれねえか」

松次は必死に掻《か》き口説《くど》き、

「あなた一人が白狐の飴売りを装って見張っていても、夜間と早朝が抜けてしまっています。松次親分の下っ引きを集めて、交代してもらえれば時を空けずに見張ることができるのです。それに今の田端様にはあなたが付き添われていないと――、きっと田端様は片時もあなたとお腹の子に離れていてほしくないはずです」

季蔵はお美代の見張りの弱点を突く一方、妻としての心情に訴えた。

「ほんと、ほんとにそのようになすってくださるんですね」

二人は無言で頷き、お美代もまた礼の言葉の代わりに深々と頭を垂れた。

この後、松次は、

「雀長屋のお玉んちの斜め前は空いている。役目柄ちゃんと押さえてある。誰にも見られずに裏から入れもする。援軍が来るまでそこで俺は見張り続けるぜ」

塩梅屋をすっとんで出て行った。

季蔵はすぐに人を走らせて烏谷に文を届けた。

事態に進展あり、即刻おいでくだされたし。ただし、夕餉は簡素にてお許しを。

「おいら、つくづく思うんだけど、生きてるって食べることなんだよね。食べられるってことは生きてるってことなんだ」

三吉は季蔵の指示で、〝本日休業〟の札を戸口にぶら下げた後、田端が眠りから覚めた時のための重湯を煮ていた。

一方、季蔵は飯台に残っていた今年かど飯こと変わりかど飯を握り飯にした。米を薄い甘辛味で炊くかど飯も、炊き上がった飯に醤油を垂らす変わりかど飯も、脂が多く匂いもきつい秋刀魚の身が入っているにもかかわらず、冷めて握り飯にすると、ぎゅっと旨味が詰まって、また独特の美味《うま》さなのであった。

その後、取り込み中とあって、声を掛けるのを遠慮したのか、戸口の前に無造作に置かれていた、採れ立ての山ゴボウを料理することにした。山里から市中にやってくる山ゴボウ売りの商いは、取りあえずは置いて行き、忘れていた頃に現れて対価を請求するという、何とも悠長な物であった。

ちなみにこうした山ゴボウ売りの中には、冬場になると仕留めた鶉《うずら》や鴨《かも》、雁《がん》、雉《きじ》等の野鳥を届けてくる猟師もいた。

――さすが山育ちで良効堂《りょうこうどう》さんのとは違った、野趣豊かな風味があることだろう――

まずは山ゴボウの揚げ物三種を作ることにした。山ゴボウを一口大に切り、酒、醤油、味醂、すりおろしたニンニクにしばらく漬ける。二種目はニンニクをすりおろした生姜に変える。最後の一種は酒と赤穂《あこう》の塩に漬けておく。

各々漬け汁を切り、小麦粉をやや多目にまぶして、山ゴボウから出る水気である泡の勢いが減り、からりと茶色になるまで揚げる。

次にはごくありきたりだが、誰《だれ》もが好むきんぴらを山ゴボウで拵えてみた。千切りにした人参《にんじん》と山ゴボウを用意する。広く浅い鍋に胡麻油をひいて、山ゴボウを入れて炒め、しんなりしたら、人参を加え、湯呑み半分ほどの水を入れ、木蓋《きぶた》をして蒸し焼きにする。

水気が飛んだところで、少々の醤油を廻し入れて仕上げる。

「いい匂いだなあ」

うっとりと鼻を蠢《うごめ》かした三吉は早速試食した。

「この揚げ物、どれもおいらの大好きな揚げ煎餅《せんべい》より、さらりとしたコクがあって美味しい。おいら、大人んなったら絶対こいつでいっぱいやるって決めた。きんぴらの方はさ、普通のゴボウを使う時は味醂とか砂糖とか入れるだろ？　でもこれには入ってない。その分、今時分からめっきりと甘くなる人参の味が際立ってて、ゴボウほどアクの強くない山ゴボウといい感じだ。やっぱ、これも菜ってより、肴だよね」

まだ酒が飲めないのが残念でならないのか、ふうとため息をついて、

「それにしても、この山ゴボウ、幾らなんだろうね。きっとうんとふっかけられるよ。何

年か前から、江戸っ子たちが粋ゴボウ、江戸ゴボウなんて言ってもてはやしたせいで、ぐんと人気が出て引く手あまたなんだってさ。買うも買わないも相手に訊かないで、勝手に置いてっての後払い、狡《ずる》いのか、そうじゃないのかわかんない。山里商いも増えてて、高値がついてきてるって、瓦版の〝よろず時季料理〟にまで出てて評判だよ」

さらに大きなため息を重ねた。

「そんなものか――」

――うちの山ゴボウは毎年良効堂さんからのいただきものだったから気がつかなかった。しかし、山ゴボウが高値になってきているとすると、どうして、お玉さんは飯に秋刀魚の三枚おろしの半身と一緒に、煮染めた山ゴボウを混ぜることができたのだろう？　秋刀魚さえ一尾分は買わず、誰かと分け合って半身だけもとめたはずだというのに、贅沢《ぜいたく》な青物扱いになってきた山ゴボウまでなぜ？――

そこで季蔵は、

――そうだ‼　そうだったのか――

はっと閃《ひらめ》いた。

「ちょっと出てくる、後のことは頼む」

季蔵は前垂れを外しただけで外へと飛び出した。あたりはすでに夕闇《ゆうやみ》に包まれている。

季蔵は猛然と走り出した。

向かうは因幡町にある雀長屋であった。

——松次親分が気づいてくれているといいのだが、なまじ市中の生き字引であるだけに、〝ああ、あれか〟と見逃してしまわないとも限らない——

雀長屋が見えてきた。走り続けたせいで荒く上がっている息を整えつつ、ゆっくりと近づいていくと、月の光に照らされて、すっと脇道《わきみち》から出てきた人影があった。

——よかった、間に合った——

後ろ姿は背中に獣の毛皮で出来た猿子《さるこ》（袖なし羽織）を纏《まと》っている。

——狙いはわかっている——

季蔵は忍び足で後を尾行《つけ》た。雀長屋に入ったに違いない。お玉母子《おやこ》の家の方へと向かっている。季蔵が間を詰めずにいると、突然、獣の背中が消えた。

慌てた季蔵は相手が立っていた場所まで駆け寄った。

人一人がやっと通り抜けられる隙間《すきま》が出来ていた。

——しまった、悟られていたとは‼——

ここに住む子どもたちにとっては、昼の間、またとないかくれんぼの場所なのか、それとも隠れるのに飽きて、誰も、もう隠れなどしないのか、ともあれ、夜目でもあり、初めて見つけた季蔵は戸惑いはしたが、

——これも敵に先に知られていておかしくはない。前に来た時、わたしも見つけておけばよかったのだが、とにかく遅れはとれない——

必死で抜けた。しかし、すぐにまた同様の隙間に出くわす。これも抜けた。

——まさか、幻術？——

これが何度か続くと迷路に迷い込んだ時のように、ほんの一瞬、お玉の家の方向がわからなくなった。

——平静に、平静に。これはここを建てた大工の失敗で幻術などではあり得ない——

自分に言い聞かせ、やっと通路を遠回りしてお玉の家の裏側に立った。

すでに濃い血の匂いと共に強い殺気が家の中から洩れてきていた。

——ここまでの殺気をこの距離で感じたことは未《いま》だかつてない、まさか、もう——

かっと頭に血が上りかけたので深く目を閉じた。

すると、

——いや、違う、これは鴨の血の匂いだ。鴨が捌《さば》かれているのだろう。そして殺気に敏《さと》いのは、わたしが隠れ者として生きてきたゆえの自縛だ。相手もおそらく闇に潜む稼業と見た。それで、きっと、ここまでの殺気を放っているのだ——

怖れの混じった不可解さがやっと消えた。

季蔵は表へと廻り、油障子の前まで来た。油障子に手を掛けても殺気は露ほども感じられなかった。

七

——敵は自分が一度も試したことがないせいで、よもや、表からは入ってくる者などいるわけがないと、こちらの戸口についてはは安心しきっているのだ——

季蔵は油障子を僅《わず》かに開けて中を覗《のぞ》いた。

鴨の濃い血の匂いが鼻を直撃した。土間の中ほどにどっかりと腰を据えた猿子の背中があった。

ぺっぺっという音がしている。そのたびに鴨の血の匂いがさらに強まった。相手は生の鴨肉にがぶり、がぶりとかぶりついては、嚙み切れない固い筋を吐き出しているのであった。

土間の上には毟り取られた鴨の羽と切り落とされた頭が、血まみれの斧《おの》と共に放《ほう》り出されている。

鳥類を食する際には羽や頭の処理は必須で、特に料理人の季蔵に違和感はないはずなのだが、なぜか、この光景が何とも残虐に感じられた。

——地獄に鬼がいるとしても、これほど凄惨《せいさん》ではなかろう——

季蔵の目は咄嗟《とっさ》にお玉や子らの姿を探した。

男の子と女の子は抱き合って寄り添い、板敷の隅でぶるぶる震えている。母親のお玉は気丈にも、板敷の前に立ち塞《ふさ》がって、鴨肉にむしゃぶりついている見知らぬ男を見据えていた。

——おそらく、お玉さんは子らを板敷に上がらせて、突然入ってきた狼藉者《ろうぜきもの》から守ろうとしたのだ——

次に探したのは猟師の持ち物である鳥撃ちに使う鉄砲だった。最強の凶器でもある。

これは無かった。

だが、季蔵は安堵できなかった。

——とすると、こやつは狩りの帰りに立ち寄ったのではない。鴨を仕留めた鉄砲を山の住《す》み処《か》に置いてきてから、斧と鴨を持ってここへ来たことになる。その理由は言わずと知れている——

一方、猿子の背中はしばし食べるのを中断すると、思いついたかのように、

「食べてばかりいるとお役目を忘れやすいので時々、これを唱えなければいけない。何日か前に山ゴボウを置きに行った、女一人、子ども二人の家を覚えていて、間違いなく辿《たど》り着くこと。この日撃った鴨はそこに着いたら駄賃に食べていい。斧は女を仕留めるため、女に鉄砲は駄目、音が大きすぎる。女は一撃で静かに仕留める。女は食べてはいけない。子どもは仕留めず、食べず、必ず連れ帰ること。撃った鴨は着いたら駄賃に食べていい、斧は女を——」

抑揚の全くない口調で大声を張りつつ繰り返した。

——こやつは人殺しで、生まれつきなのか、幼い頃から仕込まれたせいなのか、恐ろしいほど完璧《かんぺき》に操られている——

季蔵は慄然《りつぜん》とした。

——このままでは——

季蔵よりもより近くで聞いていたはずのお玉は顔色一つ変えずに、

「この間の山ゴボウ、美味《おい》しかったですよ、お礼をいいます」

相手の唱えを遮る試みに出た。

「それにね、お兄さん、いい身体してるじゃないの。山で鍛えたその身体に比べりゃ、市中の男なんて柔《やわ》で話になりゃしません。そうやって豪快に鴨を食べるのもいいけど、女も美味しいですよ、いかが？」

艶然《えんぜん》とお玉は微笑んで見せると帯を解き始めた。

――お玉さんは決死の勝負に出た――

「女は食べてはいけない」

猿子の背中がしょんぼりとやや縮んだ。

――何とこやつとは全く話が通じないわけではないのだ――

「もしや、近頃、可愛くて器量好しのお嬢さんを食べて叱られた？」

お玉の問いにも、

「ん、酷《ひど》く打たれた、痛かった」

相手は甘える口調になった。

「そのお嬢さんの名前、覚えてる？」

「お絹」

「ずっと見てたの？」

「ん、花より綺麗、我慢できなかった――」

「鴨みたいには食べなかったのよね」

「首を絞めて仕留めただけ」

「悲しくなかった?」

「だから埋めた」

「そういうの、誰かに習ったことあるの?」

その問いが警戒を促したのか、

「食べてばかりいるとお役目を忘れやすいので時々、これを唱えなければいけない――」

両手で自分の頬をぴしゃぴしゃと叩《たた》いた後、また唱え始めた。猿子の背中が再びぴんと張って広がった。

「食べ方もいろいろでしょう? 勝手に若い娘を食べるのはよくないけど、食べていい女もいるものですよ、あたしみたいに」

お玉は腰巻き一つになった。

「お絹に似ている――」

相手は唱えを一瞬中断したが、

「女は食べてはいけない、いけない、食べては――食べては――」

繰り返しつつ、

「が、我慢が――」

ううっと呻《うめ》きつつ股間《こかん》を押さえて立ち上がり、お玉の方へと一歩踏み出した。

——今だ——

瞬時に季蔵は油障子を開け放つと土間の上の斧へと突進した。

気がついて振り返った相手の動きの方がほんの僅《わず》か早く、季蔵の手は斧の柄ではなく、土間の上を滑りかけた。

この時、季蔵は初めて相手を見た。その若い男の顔は黒く垢《あか》じみ、髪はぼさぼさで全身から獣と同じ臭いを発していた。様子や臭いばかりではなく、警戒に充《み》ちて攻撃を仕掛けようとしているその目は、人を襲うとあって恐れられている山犬（狼《おおかみ》）そのものだった。

季蔵の滑りかけた利き手は斧の柄に向かって跳んだ。目にも留まらぬ速さだったので、季蔵の方が柄を摑《つか》んだかのようにも見えた。

斧をどちらが摑み取るかで争いながらごろごろと土間の上を転がった。

「斧、渡しては駄目、叱られる、叱られる、駄目、駄目」

唱え始めた若い男は粘り強かった。

相手の空いている手の伸びた爪《つめ》が季蔵の額や頰にがりがりと食い込んでくる。季蔵の方の空いている手は、ずっと相手の右目を狙い続けていたが、額から噴き出た血で両目の視野が失われつつあった。

——何と殺し人形のようなこやつは、わたしの動きを読んでいる——、このままでは
——

季蔵の反撃は封じられつつあった。

――相手の手に斧が握られたら最後、即刻、振り上げられて殺される。よし、賭《か》けだ――

季蔵は空いた手の人差し指に勢いをつけた。目よりは低い位置にある、まだ見えている相手の耳の穴に向けて力一杯突き出し抉《えぐ》った。

ぎゃあという獣が傷ついた時の声が響いた。しかし、季蔵の方も人差し指に全身の力を込めたせいで仰《の》け反《ぞ》った上、利き手は斧の柄を放してしまい、垂れてきた血糊《ちのり》で何も見えなくなった。

――万事休すだ――

季蔵が降ってくる斧の刃を予感した時、しゅーっと衣擦《きぬず》れが聞こえて、

「季蔵さん」

松次の声が聞こえた。

「ありがとうございます、ありがとうございます」

襦袢《じゅばん》を羽織ったお玉が、季蔵の額と目のあたりの血を片袖で拭《ぬぐ》ってくれた。

「てえへんだったが、まあ、あの通りだよ」

土間に斧は投げ出されたままで、獣のようだった相手は、お玉の扱《しご》き帯で出来た輪に首を縛《いまし》められていた。

「こいつは死んじゃあいねえよ。お縄にしていろいろ訊かにゃあならんこともあるから」

「危ないところでした、九死に一生を得ました、ありがとうございました」

季蔵は心から礼を言った。

「実を言うと捕り縄を持ち合わせていなかった。だから、お玉が解いた扱き帯がここに落ちてて役に立った。咄嗟に輪を作って投げ縄代わりにした、運がよかった」

「さすが親分です」

「なに、投げ縄は岡っ引きの得意技だから当たりめえだよ」

松次は謙遜《けんそん》しつつも、

「俺だって、酔狂で見張ってたわけじゃあねえんだよな」

控えめに胸を張った。

こうして捕らえられた若い男は番屋、大番屋を経て小伝馬町《こでんまちよう》送りとなった。名前や素性を含む如何《いか》なる問いにも、厳しい詮議《せんぎ》の際にも、お玉や季蔵の前で洩らし続けた唱えやお絹殺しの話を繰り返すばかりであった。

しかし、この繰り返しが功を奏して、お玉の亭主安芸川清州はお咎め無しのお解き放ちとなった。

――子らの成長を絵巻に描き続けるという新しい仕事にも恵まれて、これで一家に平穏な暮らしが戻ることだろう。お美代さんも心置きなく身重の身体を労りつつ、田端様の看護に当たることができそうだ――

季蔵は心から安堵した。

一方、真の下手人の若い男は、隙を見ては舌を噛み切って自害しようとするので、刑死するまで常に見張りがついた。見張りは何とかして、黒幕等の重大事を訊きだそうとしたが最後まで叶《かな》わなかった。

自害しようとして舌を噛み切らないための口輪を嵌《は》められていたにもかかわらず、いよいよとなった刑場では全身の力を込めて、縄を引き切って逃げようとするなど、やはり、獣さながらの大暴れぶりだったと瓦版屋たちは書き立てた。

獣のような男は刑死するまでの牢暮らし中、時折、穢《けが》れを知らない子どものような無邪気な表情になったという、奉行所から洩れだした目撃談も伝えられ、何とも、後味のよくない事件ではあったが、お玉一家の他にも救いの光明はあった。

目立ち屋のおちゃっぴいだったお満もまた、お絹と同様の目に遭っているのではないかと案じられていた。だが、幸いにもこちらは違った。両親代わりで、古着問屋の跡を孫娘に継がせたい祖父母が決してうんと言わない、品川《しながわ》宿の大きな海産物問屋の若旦那の元へ走ってしまっていたのだと、お満から祖父母に届けられた懐妊を報せる文で判明した。

「これが二人ぐれえ娘がいりゃあ、たいした良縁だってえことになるんだろうが、お満はたった一人の孫娘だからなあ――、小商いの小倅《こせがれ》でもお店《たな》に入ってくれる婿の方がまだ、よかったんだろうよ。それでも、まあ、祖父《じい》さん、祖母《ばあ》さんは、覚悟してただけに大喜びで報せてきたよ。生きてて、好いた相手と幸せにやってくれてて、血を分けた曾孫《ひまご》まで出来るんなら、それで充分だってさ。きちんと支度をして祝言だけはさせてやりたいんだとも言ってた。とはいっても、俺も一人娘を遠くへ縁づかせたんでよくわかるんだが、祖父さん、祖母さんにとっちゃ、やっぱり、ちょっとは切ないだろう。けど、縁さえ切れてなきゃ、曾孫の一人が店を継いでくれるかもしんねえ。それまで長生きしろって励ましたよ。いいねえ、こういうめでてえ話でこじれてた身内が情で通じ合うようになるってえのは――」

松次はしきりに目を瞬かせつつ季蔵に伝えた。

第三話　亥の子饅頭

一

松次《まつじ》の話を聞いた季蔵《としぞう》は、

――お満《みつ》さんが幸せになってくれたのは何よりだが、瑠璃《るり》はどうしているだろう？　まだ臥《ふ》したままなのだろうか？――

また気になった。

下手人が捕縛されてすぐ、季蔵は瑠璃の元を何度か訪れてはいたが、瑠璃は、うとうとと眠りがちで、まだ枕《まくら》から頭が上がるのを見たことがなかった。枕元に陣取って、瑠璃の一の子分を自任しているかのようなサビ猫の虎吉《とらきち》と目が合った時、にゃあと一声、不安げに鳴かれた。

――虎吉は賢いだけではなく勘も鋭い、もしやこのまま――

瑠璃やその様子、病状に関する限り、季蔵も虎吉同様、過剰に心が揺れるのが常であった。

そんなところへ、瑠璃を起居させ、何かと世話をしてくれているお涼《りょう》が訪れた。塩梅屋《あんばいや》はちょうど仕込みを終えた八ツ時（午後二時頃《ごろ》）であった。

「玄猪《げんちょ》のお祝いももうすぐですし、三吉《さんきち》ちゃんはお好きでしょうから」

神無月《かんなづき》（十月）の最初の亥《い》の日は玄猪の祝いと言われ、多くはぼた餅《もち》が亥の子餅として亥の刻（午後十時頃）に食され、無病息災と子孫繁栄が祈られる。

これは海の向こうの大きな隣国から伝えられ、京に政《まつりごと》の中心が置かれていた大昔からの慣習で、宮中から将軍家、大名家、武家、庶民という順序で定着した行事でもあった。

それでお涼は気をきかせて菓子屋でぼた餅を買い求めてきたのだろう。糯米《もちごめ》と粳米《うるちまい》を混ぜ合わせたものを蒸籠《せいろう》で蒸し上げた後、米粒が残るぐらいに搗《つ》いて丸め、小豆餡《あずきあん》をまぶしたのがぼた餅である。

「わ、うれしい、おいら、大好き、ありがとうございます」

ぼた餅を包んだ竹皮を渡された三吉は、飛び上がって喜び、いそいそと茶を淹《い》れ、

「そろそろ八ツにしていいぞ」

季蔵の許しを得て早速、ぼた餅を頬張《ほおば》った。

「瑠璃さん、起きられるようになりましたよ」

お涼が微笑《ほほえ》んで告げた。

――それを報《しら》せにわざわざ来てくれたのだな――

季蔵は思わず頭《こうべ》を垂れていた。

「旦那様《だんな》からお満さんの行方について聞きましてね、どうしようかと迷ったんですが、思い切って、あたし、瑠璃さんに伝えました」

「瑠璃は喜んだはずです」

「ええ、しばらく見せてくれなかった笑顔を向けてくれました。お満さんは拐《かどわ》かしに遭《あ》って亡くなってはいなかったものの、遠方に嫁いで、もうお弟子さんとして来てくれることはないわけでしょ？　それがわかって、瑠璃さん、がっかりするんじゃないかと思って、話そうかどうか、迷った自分が恥ずかしくなりましたよ」

「瑠璃の相手を想《おも》う優しい心根は生きてくれていると信じていました」

――よかった――

季蔵は安堵《あんど》した。

――瑠璃のような心の病を負った者の中には、人の心を失い、獣のように生きるだけになる者もいると聞いている――

季蔵の脳裏にちらと刑死したあの若者の獰猛《どうもう》な表情が浮かんで消えた。

――ああ、でも、お玉《たま》さんと話していて、お絹《きぬ》さんを犯して手にかけた後、悲しかったと言っていた。どこからか、洩《も》れてきた無邪気さを伝える声もあった。もしや、もしやあの若者も重い傷を心に負っていたのかもしれない。それゆえ操られた？　そして、人の心も多少は残っていた？　にもかかわらずあのような始末しかなかったとは――

急に曰《いわ》く言い難い想いに襲われかけた季蔵は、斧《おの》の柄《え》を取り合い、殺すか殺されるかしかなかったあの時の闘いをあえて思い出した。

——お裁きも含めて、全《すべ》ては仕様がなかったのだ——

「ところで、瑠璃さんについて、一つ気掛かりなことがあるんですよ」

お涼は話を続けた。

「何でしょう？　わたしに出来ることがあるとよいのですが——」

季蔵は心の中で大きく首を横に振った。

——もう、終わったことだ、考えまい——

「瑠璃さんが臥したのは、お満さんが来なくなってがっかりしたり、案じたりしすぎたのと寒さで身体《からだ》まで弱って、風邪を引き熱を出したからです。好きなものに偏ってもいいから、何とか食べ物だけは摂《と》らせるようにとお医者様から言われて、日々、白粥《しらかゆ》を食べてもらいました。塩味の白粥は瑠璃さん、どんな時でも食べてくれるんです。でも、もう熱が下がって起きられたのだから、これからしゃんとするには白粥ばかりでは駄目だと、やはりお医者様から言われました。このままじゃ、瑠璃さん、江戸患い（脚気《かっけ》）になりかねないそうです」

お涼は幾分顔を青ざめさせた。

——江戸患いとは!!——

この病名は季蔵の耳にも大きく響いた。

江戸患いは白米と漬物を三度の飯にするほど好きだと罹《かか》りやすい病であった。江戸患いと称されているのは、江戸で白米を親の仇《かたき》のように食べ続けている人たちに発症が多かったことと、江戸を離れ、白米の入手が困難な田舎《いなか》で、大麦等の雑穀混じりの主食、山の幸として時折もたらされる獣肉を摂って養生すると、なぜかけろりと治るゆえであった。

江戸患いが重症化すると、心の臓まで蝕《むしば》まれ、苦しみ悶《もだ》えながら命を落とすこととなり、侮《あなど》り難い病の一つだった。

「麦でお粥を拵《こしら》えてみたんですけど、一匙《さじ》、二匙がせいぜいで――、瑠璃さん、麦独特の匂《にお》いがお好きじゃないんです。季蔵さんなら瑠璃さんが喜んで食べてくれる、美味《おい》しい雑穀使いができるんじゃないかと――」

「わかりました、考えます」

応《こた》えた季蔵はお涼を戸口で見送った後、まだ二つばかり残っている竹皮の上のぼた餅に目を注いだ。残りのぼた餅には三吉も見入ってごくりごくりと生唾《なまつば》を呑《の》んでいる。

「食べてもいいぞ」

「わ、ほんと？　うれしっ」

三吉は呑み込むように残りのぼた餅を胃の腑《ふ》におさめた。

「どうやら、落ち着いたようだな」

季蔵は苦笑し、

「ん、ぼた餅、大好物だからね。今、ふと思ったんだけどどうして、今時分、ぼた餅なんだろ？」

三吉は首を傾《かし》げた。

「お菓子屋の嘉月屋《かげつや》さんにぼた餅の謂《い》われを聞いてないのか？」

季蔵が湯屋で出会って以来、菜や肴《さかな》と菓子の枠や違いを超えて、親しく作り方等を教え合ってきた嘉月屋の嘉助《かすけ》は、菓子好きの三吉が頼みにしている相手でもあった。

「謂われまでは聞いて知ってるよ。ぼた餅は牡丹餅《ぼたんもち》が詰まったもので、彼岸等の仏事に作られて食されることが多く、牡丹の花が咲く春の彼岸には牡丹餅、秋には萩《はぎ》の花に重ねておはぎと名称が変わるんでしょ？　それと、牡丹も萩も煮て餡になる前の小豆に似た、深みのある紅色の花をつけるんで、それにもちなんでるって。でも、どうして、玄猪の祝いにまでぼた餅なの？　おいら、このことは訊《き》きそびれてた。ぼた餅が美味《うま》いからだろうって、今ちょっと思ったけど、あるんでしょ、もう少し深い理由が？」

三吉は真剣な目を向けてきたが、

「無い」

季蔵はあっさりと応えて、

「〝ぼた餅の精進落としは亥の子にし〟なんていう川柳にしてもその証《あかし》だ。おまえの言う通り、ぼた餅は美味いから、もともとはぼた餅などではなかった亥の子餅も、ぼた餅になったんだろう。所詮《しょせん》美味さには勝てない」

「ぼた餅じゃなかった頃の亥の子餅って、どんなものだったんだろう？」

「大豆、小豆、大角豆《ささげ》、胡麻《ごま》、栗《くり》、柿、糖《あめ》の七種の挽《ひ》いた粉を合わせて作られるのだそうだ。餡は入れない。今でも、京の御所や将軍家、大名家等しきたりを重んじる公家や上位の武家では作って供えているはずだ」

「美味いのかな?」

三吉の素朴な問いに、

「さてね――」

一呼吸置いた季蔵は次にぱっと閃《ひらめ》いた。

――これほどさまざまな滋養が入っている元祖亥の子餅は、瑠璃にいいかもしれない――

「よし、これから元祖亥の子餅を拵えるぞ」

三吉に硯《すずり》と墨、筆と紙を運ばせて元祖亥の子餅の材料を書き記した。

「挽いた粉となると一軒の雑穀屋では揃《そろ》わないかもしれないが、根気強く市中の雑穀屋を廻《まわ》って揃えてくれ」

その紙を手渡された三吉は、

「合点、承知。季蔵さんが作るっていうんだから、きっと凄《すご》く美味いんだと思う。ひょっとしてぼた餅より美味かったりして。おいら、楽しみでなんないよ」

勢いよく飛び出して行った。

一方の季蔵は、

――江戸患いに効き目が高い大麦を挽いた麦粉に七種の粉を混ぜればまさに薬膳《やくぜん》餅だ。

しかし、これで美味い餅になるだろうか？――

困った時の頼みの綱である、先代長次郎《ちょうじろう》の日記がしまわれている離れの納戸へと足を向けた。

二

しかし、期待に反し長次郎は以下のようにしか書いていなかった。

源順《みなもとのしたごう》集《しゅう》なる古い書物に、天元《てんげん》二年（九七九年）に女御藤原詮子《ふじわらのせんし》、銀で出来た猪の子、亀をすえ、子孫繁栄と長寿を祈って亥の子餅を奉るとある。この元祖亥の子餅を、多産の猪に託して安産を祈りたい、身籠《みご》もった妻のために拵えてみようと考えた。試しはしたが、七種の粉のうち、大豆粉には癖があり、その上、これらの粉だけの餅では食感がぱさぱさしてしまい、餅というよりも、やっと丸めた不格好な団子にしかならなかった。供せる代物ではない。

――麦粉を入れればさらにぱさつくだろうし、大麦にも癖がある。また、たしかに大豆と小豆の混ぜ合わせなど聞いたことがない、困った――

季蔵は大豆、小豆、大角豆、胡麻、栗、柿、糖の七種の粉を揃えて戻った三吉を前にため息をついた。

三吉は息を切らしている。

――瑠璃を江戸患いなどにならないようにさせたい――

思いあぐねた季蔵はとうとう、

「何とか、これらの粉と麦粉をたっぷり使って、美味い亥の子餅は作れないものだろうか？」

自問自答を言葉に出していた。

珍しく三吉は慎重な物腰で話し始めた。

「おいらもね、実はそのことずっと考えてたんだよ」

「亥の子餅って、搗いた餅を猪の子のウリボウの形にするんだよね。七種の粉だけじゃ、粘りが出ないで餅になぞなんないから、糯米の方をたっぷり使うしかない。それで拵えたウリボウの形の亥の子餅って、出来た、出来た、さあ、食べようっていうんじゃなくて、固くなったのを拝んでる正月のお供えみたいじゃない？　何だか、ぴんと来ないんだ。でも、今、季蔵さんが麦粉を多く使うって言ってくれたんで、よし、やっぱりこれだと自信が持てた。糯米に拘《こだわ》ることはないんだって。季蔵さん、元祖亥の子餅が廃《すた》れて、ぼた餅に代わったのは美味いからだって言ってたしね――」

「名案があるのなら言ってくれ」

季蔵は必死であった。

「じゃあ、思い切って言う。笑わないでね。おいらの考えついたのは亥の子パン。うちの石窯、思えばこのところ使ってないよね。だから、そろそろ風や火を入れてやりたくなったんだ」

石窯の別称が風呂《ふろ》である。異人たちの主食であるパンと、主たる副食の獣肉料理を担っている珍品の一つとして、季蔵の主君だった鷲尾影親《わしおかげちか》が長崎奉行《ながさきぶぎょう》に任じられた際、江戸の正室千佳《ちか》に届けさせたものであった。

影親亡き後、髪を下ろして庵主となった正室の千佳は瑞千院《ずいせんいん》と名を改め、稀《まれ》に季蔵が獣肉料理を試みることもあると聞きつけて、役立てて欲しいと石窯を贈ってくれた。今その石窯は塩梅屋の裏庭に鎮座している。

これで三吉は先代長次郎も試したがっていたパンを焼いたことがあった。

パンのもとになる、麹《こうじ》と飯の発酵によって出来る甘酒と小麦粉を柔らかく混ぜた状態をふるめんとと言う。これを大鉢で一晩寝かせると二倍に膨れ上がる。ここへ、別分けにしてある小麦粉と砂糖を加え、よくこねて、小さな丸型にまとめ、間隔を置いて木板の上に置き、再び膨れるのを待つ。これらを石窯で焼き上げて仕上げる。

「なるほど、膨れたふるめんとと合わせる小麦粉の一部を七種の粉や大麦に置き換えるというわけだな」

季蔵は両手を打ち合わせたものの、

「膨らみはふるめんとが引き受けてくれるだろうし、蒸さずに焼くパンなら、大豆粉の癖も香ばしい風味の一端になりそうだ。とかく焼きで醸し出される風味は七難を隠すからな。

だが、本来、小麦で作るパンを大麦使いにして、ふっくら、しっとりした食感が出るものだろうか？」

知らずと首を傾げていた。

「パンは小麦でしょ、おいら、大麦使いなんて考えてなかったよ」

三吉は困惑した表情になった。

――江戸患いが田舎養生で治る理由は、大麦や雑穀混じりの飯、獣肉の他にもあったのでは――

季蔵は忙しく頭を巡らせて、

――そうだ、これだった、わたしとしたことが江戸患いの妙薬を忘れていた――

「玄米粉を小麦粉の半量使おう」

ほっと大きく安堵の息をついた。

「玄米の粉？　あれ、炊くと糠臭《ぬかくさ》いよ」

今度は三吉が頭を斜めに傾けた。搗いて精白していない糠付きの白米が玄米である。

「粉にしたものを使うのだから、さまざまな匂いの他の粉ともほどよく混じり合って、きっと石窯独特の焼き上がりで、えも言われぬ風味に仕上がる」

言い切った季蔵は、

「え、またあ？」

呟《つぶや》いた三吉に、

「頼む、悪いな」

早速玄米粉を買いにやらせた。

この日は客が帰って暖簾《のれん》をしまったところで、

「おいら、夜鍋《よなべ》しても三吉パンの変わり種の亥の子パンを作るんだ」

三吉は張り切って、多種の粉を小麦粉と混ぜ合わせて作る亥の子パン作りに取りかかった。

「ここは胆なんだよね」

三吉は何度も何度も丹念に何種類もの粉を篩《ふる》いにかけて混ぜ合わせた。

「粉によって粒の大きさが違うでしょ。だからとことん混ぜないと駄目なんだ」

それに甘酒を加えると亥の子パン用のふるめんとが出来上がる。小麦粉だけで作る三吉パンとは異なり、ふるめんとの色は薄茶色であった。

「後は明日のお楽しみだよ」

翌朝、季蔵よりも早く店に出てきた三吉は、

「おいら、亥の子パンのことが気掛かりで、よく眠れなかった。何とか美味しくできるといいんだけど」

膨れたふるめんとと残りの粉を合わせてよく練り、丸く成形してさらにまた膨れるのを待った。

「寒いと膨れるのに時がかかるよね」

それでもふわふわと膨れてきたところで、すでに火を入れていた石窯に入れて焼き上げた。亥の子パンを二つに割ると、中身の色はふるめんと同様枯れ葉色であった。

「色白美人じゃあないけど、今時分の秋色でしょ。まずは焼きたてを食べてみてよ」

三吉に促されて季蔵は一口頬張った。

「ん、見かけよりずっと美味い。小麦粉と玄米粉、小豆粉の感じられないくらいの地味な甘味、小豆や大角豆の中くらいの甘味、柿や栗、糖のはっきりした華やかな甘味、この三種の甘味が独特の風味と相俟《あいま》って、病みつくほど美味い。三吉、凄いぞ」

正直季蔵は亥の子パンの出来映えの素晴らしさに驚きを隠せなかった。

――得意なパンとあってこれはまさに三吉の本懐だ――

「そう、よかったよ」

三吉はにこにこと笑ったが、その表情に得意満面さは皆無だった。

――三吉も大人びてきたのかな――

「それに今からだったら、季蔵さん、八ツ時に間に合うよね」

三吉は焼きたての亥の子パンが人肌ほどに冷めるのを待って、手提げ籠《かご》いっぱいに入れた。

「これ――」

季蔵に差し出した。

一瞬戸惑った相手に、

「この亥の子パンで瑠璃さんが江戸患いにならずに済むんでしょ？」

三吉は照れ臭そうな顔で言った。

「ありがとう」

季蔵は目の奥が熱くなるのを感じながらその籠を受け取った。

「おいら、亥の子パンには亥の子餅と同じで無病息災と子孫繁栄の願いを込めたいんだよね。瑠璃さんには無病息災だけど、子孫繁栄にはきっと安産祈願も入ってる気がするから、お腹《なか》に子がいるお嬢さんや田端《たばた》の旦那の御新造《ごしんぞ》様にも、この亥の子パン、作ってあげたいんだよね。粉もまだ余ってるし、いい？」

「いいも悪いもない、それは何よりだ」

――三吉は心根が優しいとはわかっていたが、それを人への思いやりの形にまで表せるようになったとは思っていなかった――

季蔵は目から溢《あふ》れるものを瞬《また》いて振り払いつつ、急いで身支度して外へ出ると瑠璃のいるお涼の家へと向かった。

「いらっしゃいませ」

戸を開けてくれたお涼は変わらず、紅葉《もみじ》を裾《すそ》に配した粋な銀ねず色の羽織姿で、背筋をしゃっきりと伸ばしていたが、表情の翳《かげ》りを隠せずどこか浮かない様子であった。

「実はあたしの方から伺わなければいけないと思っていたところでした」

声の調子もひっそりと重い。

季蔵も胸のあたりがずしんと重くなった。

「瑠璃に何か――」

三

「実は今、瑠璃さんは眠っています」

「こんな時分に？」

このところ、瑠璃は昼寝をせずに紙花造りで時を過ごすことが多い。

「ええ」

お涼の足は瑠璃の部屋である二階ではなく奥の客間へと進んでいる。

「看《み》ていなければならないほど悪いのですか？　高い熱でも？」

「そうではないのですが――」

お涼は瑠璃が臥している部屋の障子《しょうじ》を開けた。

瑠璃はすやすやと寝入っていた。枕元には虎吉がちょこんと座って瑠璃を見守っている。

季蔵の顔を見ると、ごく控えめににゃあと鳴いて親愛の情を示した。

夜着の上に何本もの紙花が散らばっている。

季蔵がそれらを手に取りかけると、すかさず咥《くわ》えた虎吉は鋭い歯で二つに嚙《か》み切った。

一本だけではなく、二本、三本と続いた。

畳の上の数箇所に嚙み切られた紙花が落ちている。虎吉はそれらに向かってんにゃあ、んにゃあと、今度は威嚇《いかく》するかのように鳴いた。

――おかしいな――

そう思ったのは、瑠璃が拵えるそばから、その紙花を畳の縁《へり》に並べて愛《め》でるのが虎吉の役目になっていて、

「やっぱり虎吉も名前に違《たが》えて女の子なのね」

お涼の目を細めさせるのが常だったからである。

――これではまるで、虎吉にとってこの紙花が親の仇のようではないか――

季蔵は嚙みきられた紙花を拾い上げた。

長さはおよそ六寸（約十八センチ）ほどで、葉と茎には白い綿毛が細かな真綿で工夫されている。茎の先端には、山梔子《くちなし》で染めた紙で、丸く黄色い小さな花を幾つもこんもりと咲かせていた。

「母子草でしょうか？」

季蔵は思い当たった草の名を口にした。母子草はタンポポ同様、市中の道端でも見かける見慣れた草であった。

御形《ごぎょう》とも言われる母子草は、冬の寒さの中でも、地に張りついた葉で生き延び、やがて茎を伸ばし、この若い茎が春の七草の一つとして食される。

「ここの庭にもあります。ただしよほど気をつけて見なければ、土や枯れ葉に紛れてますけどね」

「花の咲く春の盛りを思い出して作ったのでしょうね」

――それにしても、随分と地味な花をこんなに沢山――。同じ黄色の花なら、タンポポや菜の花の方がよほど見栄えがするだろうに――

季蔵が思わず首を傾げるとたまたま合ったお涼の目が頷いた。

「実はこれだけじゃないんです。前に瑠璃さん、通いの手伝いで、昔語りの好きなお喜美《きみ》さんから聞いた話を繰り返すようになって、それが市中で起きてたことに重なってたでしょう？　覚えていますよね」

この時市中では何とも哀しい悲恋が発端となった事件が起きていて、瑠璃の繰り返す語りに季蔵が閃いて事件解決の一端ともなった。

「それが今度は母子なんです」

「あのお喜美婆《ばあ》さんが戻ってきたのですか？」

昔語りの好きなお喜美婆が木更津《きさらづ》に住まう曾孫《ひまご》の元へ行ってから久しい。

「いえ、お喜美さんから瑠璃さんと一緒に聞いた話ではありません。だから、わたしにもこれが昔語りなのか、どうかさえわからないのです。とにかく、母と子が星になる話です」

「切なそうな話のようですね」

ふうと季蔵がため息をついた時、瑠璃が目を開けた。

「季之助《としのすけ》様」

微笑んだ頬が幾分削《そ》げて見えた。

——そうだった——

「瑠璃、滋養たっぷりの菓子のようなパンだよ、見かけよりずっと美味しい、さあ、一緒に食べよう」

季蔵は亥の子パンが盛られた籠を持ち上げて見せた。

「いい匂い」

瑠璃はまた微笑み、季蔵は安堵した。

「それでは梅酒のお湯割りを作ってきましょう。瑠璃さん、梅酒を湯で割って、和三盆《わさんぼん》で甘味をつけたのがとてもお好きなんです。前に三吉パンをいただいた時も飲み物はそれでした。パンとやらには格別に合うようだと、食べ物にうるさい旦那様もおっしゃってました」

一度厨《くりや》へと立ったお涼がほどなくして、盆の上に湯呑《ゆの》みを三個並べて戻ってきた。

「瑠璃さんには常のように梅酒は控えめ、あたしと季蔵さんはお湯の方を控えめにしました」

二人はこの梅酒のお湯割りを啜《すす》りつつ、亥の子パンを頬張った。瑠璃は半身を起こしたものの、まだ手を伸ばしていない。

「梅の鮮やかな香りと亥の子パンの不思議な風味が合いますね。梅干しで食べることが多い梅の実もまた、無花果《いちじく》や梨《なし》、蜜柑《みかん》、石榴《ざくろ》、山桃等と同じ果実なのだと思い直しました」

季蔵はお涼が得心した理由がよくわかった。

「三吉パンよりこちらの方が風味が深いので、より梅酒のお湯割りと合うように感じました。あたしと瑠璃さんは二人だけだと、こんな無作法もしてるんですよ」

お涼は小皿にとった和三盆を亥の子パンにまぶしつけて瑠璃に手渡し、口に運ぶのを見極めてから、自身も同様の食べ方を楽しんだ。

「とかく、あたしたち女は甘いものが好きなので――」

それからはお涼に代わって、季蔵が亥の子パンの割れ目に砂糖を付けて瑠璃に食べさせた。

「まあ、瑠璃さん、三つも食べたわ、こんなに食べてくれることなんて、このところ滅多にないんですよ」

お涼の顔が晴れてきた。

さすがに瑠璃は四つ目は首を横に振った。ただし、もう横になろうとはせずに、じっと壁の一点を見つめていて、

「昔、柿の木がある人里離れた家に母と子らが住んでいました」

はっきりした口調で話を始めた。

――これだな――

季蔵は手にしていた瑠璃のための亥の子パンを籠に戻し、お涼はあわてて湯呑み等を片付けた。

——これです——

お涼の目が頷いた。

「ある日の夕暮れ時、三人の幼い兄弟たちがお腹を空《す》かせておっかあの帰りを待っていました。おっかあはこの三人もの子らを育てるために、どれだけ苦労をしてきたかしれません。この日もおっかあは長者様の家で仕事でした。婚礼の手伝いをしていたのです。引き出物は真っ白な美味しそうなお餅でした。おっかあも手伝いの礼にと貰《もら》いました。〝この餅を見たらどれほど子らは喜ぶだろう〟とおっかあはいそいそと家までそれはそれは遠い山道を歩いていました。陽《ひ》はどんどん暮れていきます」

そこで瑠璃は一度話を切ると、虎吉が嚙み切ってしまった紙の母子草を拾い集めて抱きしめた。操られるように季蔵も、膝《ひざ》の上に置いていた母子草の残骸《ざんがい》を瑠璃に手渡した。

話は続けられる。

「林を抜けようとした時、行く手に大きな鬼が現れました。お腹が空いているようで涎《よだれ》を流しています。〝この餅ならさしあげます。でも、命ばかりはお許しください、あたしがいなくなると子らは生きてはいけません〟とおっかあは必死で命乞《いのちご》いしましたが、〝駄目だ、わしの食べたいのは餅ではなくおまえだ、人だ〟と鬼はまたたく間におっかあを平らげてしまいました。そして、おっかあの姿に化けると子らのいる家へと入り、餅を食べさせて寝かしつけながら、明日はどの子から食べようかと考えているうちに眠ってしまいました」

瑠璃は再び話すのを止めた。虎吉がにゃぁにゃぁと悲しげに鳴いて、瑠璃の周りを廻《や》ったからであった。

四

「静かになさい」

瑠璃の声が響いた。滅多にこの飼い主に叱《しか》られたことのない虎吉はしおしおと部屋の隅に蹲《うずくま》ってしまい、ふにゃにゃにゃと鼻でやや惨めっぽく鳴いた。

だが瑠璃は聞こえていないかのように、何の言葉もかけなかった。

母子と鬼の話が再開した。

「帰ってきたおっかあの様子がおかしいと一番上の兄ちゃんが気づきました。ごーごーと掻《か》いている、耳を塞《ふさ》ぎたくなるほどの鼾《いびき》もおっかあのものではありません。何と開いてる口の中に大きな牙《きば》が見えました。そこで兄ちゃんはここにいるのはおっかあに化けた鬼だとわかったのです。兄ちゃんは弟二人を起こして、厠《かわや》へ行くふりをして家から出て、得意な木登りで柿の木の上に逃げました。ところが、目を覚ました鬼に気づかれてしまったのです。おっかあの姿からあっという間に鬼の姿に変わり、子どもたちを探しまわりました」

ここで虎吉は、

「にゃーお」

鬼が目の前にでもいるかのように尾を上げて威嚇し、瑠璃は一時話を止めた。

——虎吉は常の瑠璃とは違うことの元になっている、母子草の紙花もこの母子と鬼の話も気に食わないのだろうな——

「にゃーお」

虎吉は繰り返したが、やはり瑠璃はおかまいなしで先を続けた。

「鬼は柿の木の前にある池の水面に子らの姿を見つけました。柿の木と子らが池に映っていたのです。鬼は池に入り、ばしゃばしゃと棒で掻き回しましたが、子らの気配はありません。苛立《いらだ》った鬼は、〝やい、出て来い、おまえらのおっかあは俺が食っちまったぞ、どうせおまえらはおっかあなしでは生きられんだろ、出て来い、出て来い〟とがなり立てました。それを聞いた一番小さな子が、〝おっかあが食われてしまった、もう会えないんだ、わーん〟と大声で泣き出してしまいました。それを聞いて居場所がわかった鬼は柿の木を登り始めました」

さすがに疲れたのだろう、そこで瑠璃は一息入れてからまた声を張った。

「〝おっかあ〟、〝助けて〟、〝おっかあ、お願い〟、子らは恐ろしさで声を震わせながら助けを求めました。この時、夜空の星の一つが何とお陽様のように眩《まぶ》しく光り始めたのです。そして、天からガシャガシャという音がして鎖が下りてきました。鬼に追いつかれそうになっていた子らはこの鎖にしかとしがみつきます。すると鎖はゆっくりと天へと上がり始めました。鬼はせっかくの獲物を逃がすものかと鎖のはしを摑《つか》みました。鎖は子らと鬼に摑まれたまま上がって行きます。〝よし、今、食ってやるぞ〟、鬼は子を食いたい一心で子らに向かって手を伸ばしました。けれどもあわや、剝《む》きだしの鋭い爪《つめ》が子らに届きかけた時、鎖はプツンと音を立てて切れました。鬼は真っ逆さまに落ちてしまい、そのまま天に昇りつめた子らはおっかあと会うことができました。これでやっと、おっかあと子らは四つの星になって、この先ずっと離れることなく幸せに暮らしたということです」

「よい話だが哀《かな》しい」

瑠璃が話し終えたところで、季蔵は感じたままを口にし、

「さあ、少し休みましょうね」

お涼が促して、瑠璃を布団の上に横たえさせた。瑠璃は目を閉じて、すぐに寝入ってしまった。

虎吉は案じてでもいるようにまた枕元に寄り添った。

「今の瑠璃さんはご覧になった通りなのですが、これが昼間でなく夜突然、起き出して壁や庭に向かって話し続けることもあるんですよ。昨夜もそうでしたので、このところ、昼夜を問わないようです。結構長いお話なので、こんな調子が続くと、せっかくよくなりかけた身体がまた弱るのではないかと心配です」

お涼の言葉に、そうだ、そうだと言わんばかりに虎吉はにゃおん、にゃおんと鳴いた。

——前の時同様、瑠璃のこの語りは起きている出来事や事件と関《かか》わりがあるのだろうか？　短い間とはいえ紙花の弟子だったお満さん？　しかし、大店《おおだな》の若旦那に見初められたお満さんは品川宿で幸せに暮らしているという。強いてこじつけるならそのお満さんは

月を経て母親になるとのことだが、赤子を産んだ後、身を粉にして働くおっかあになるのではないし、聞いた限り鬼とは似ても似つかない。だとすると、これはもう雲を掴むような話ではないか?——

季蔵が考え込んでしまうと、

「大丈夫ですよ、瑠璃さん、季蔵さんが持ってきてくだすった亥の子パンを、あんなに美味しそうに食べてくれたんですもの、残りのパンを食べ終わるまでには、母子が星になるなんていう、どっかもの悲しい話、すっかり忘れて、夜はぐっすり寝て、昼間はまた、前のように、母子草じゃない紙花を拵えるようになりますとも——あたしに任せといてくださいな」

お涼は明るく励ますように言った。

——瑠璃が語り始めるのが、何もいつも事件と関わってのこととは限るまい——

季蔵自身も自分に言い聞かせるようにして、

「よろしくお願いします」

見送りに玄関まで来たお涼に深々と頭を下げると塩梅屋への帰路についた。

店の油障子を引くと、

「おかえりなさい。瑠璃さん、食べてくれた?」

心配顔の三吉に聞かれ、

「ああ、美味そうに食べてた。ありがとう」

季蔵は改めて礼を言った。

「よかったぁ」

胸を撫で下ろした三吉は、

「あ、おいらの亥の子パンの評判が気になってて忘れてた。お奉行様から文が届いてるんだっけ――」

慌てた様子で片袖《かたそで》にしまっていた烏谷《からすだに》からの文を出して季蔵に渡した。

文には以下のようにあった。

明後日の暮れ六ツ（午後六時頃）までに亥の子餅ならぬ亥の子饅頭《まんじゅう》を所望。
烏谷　椋十郎《りょうじゅうろう》

塩梅屋主《あるじ》殿

「常のように、今夜も暮れ六ツの鐘が鳴り終えない前においでになるってことだよね」

相づちをもとめてきた三吉に、

「おいでになるのは明後日のようだ」

季蔵は烏谷からの文を見せた。

「亥の子饅頭って何だろう？」

三吉は首を傾げた。

「おまえは何だと思う？」

「亥の子餅ならぬってあるのがわかんない。亥の子餅転じてとか、変わり亥の子餅っていうのだったら、お菓子のお饅頭だと思うけど――。それに塩梅屋《うちや》は菜や肴が主の一膳飯屋《いちぜんめしや》でお奉行様がおいでになるのは夕刻だよね。となると、亥の子饅頭はお菓子じゃなくて、鴨《かも》饅頭みたいな菜や肴なんじゃない？」

「菜の亥の子饅頭はいったいどんなものになるだろうか？」

季蔵は三吉に訊きつつ、自分自身にも問い掛けていた。

「それは――皆目――」

応えに詰まった三吉は、

「だとすると、やっぱしお菓子かな。これって、お奉行様一流の知恵競べでさ、ようは好物のぼた餅を用意しとけってことじゃない？」

「ならば亥の子餅ならぬ餅と書くような気がするが――」

「たしかに饅頭ってあるのが引っ掛かるよね」

ここでがくんと陽が落ちてきて、

「あ、いけねえ」

三吉は戸口に暖簾をかけに行って灯《あか》りを点《とも》し、この日の亥の子饅頭に関わる話は仕舞いになった。

その夜、季蔵は、

――これは知恵競べでこそないが、お奉行が亥の子饅頭に拘るのは、格別の意味があるからに相違ない――

なぜか、不吉な予感に戦《おのの》いてなかなか寝つけなかった。

翌日は仕込みが済むと早速、この話が蒸し返された。わからない、何だろうが繰り返された末、

「よし、こうしよう。菓子作りが好きで達者なおまえは、菓子の亥の子饅頭を作れ。俺は菜や肴になるものを作ってみる。二種並べてお待ちすれば、きっとお奉行様も得心なさることだろう」

季蔵が終止符を打った。

――これしかお奉行に応える道はない――

「合点、承知。面白そうだ、わーい」

三吉は無邪気にはしゃいだ。

こうして季蔵と三吉は各々の亥の子饅頭作りに取りかかることになった。

「おいら、正直、饅頭なんて、大福や金鍔《きんつば》と同じでありふれすぎてると思ってたから、作り方に興味なかったんだ。だから、ちょっと行って聞いてくる」

三吉は菓子作りについて、今までさんざん助言を受けてきている嘉月屋の嘉助の元へと走って行った。

――亥の子と名のつく菜や肴になる饅頭ならば、やはり、ウリボウ肉を使いたい――

季蔵はウリボウ肉の切り身を少しばかり分けて欲しいという旨を文にしたため、近所の若者に頼んで知り合いの猟師に届けてもらうことにした。

五

八ツ時を大分過ぎて戻ってきた三吉は、

「おいら、嘉助旦那に叱られちゃった。饅頭は昔から菓子屋の胆の一つなんだから、てっとり早く作り方を教えることとなんてできないっ、心がけが悪いってさ。まずは饅頭についてたっぷり話を聞かされちゃって」

やや疲れた表情で告げた。

「ほう、饅頭にそれほど長い話があったとは知らなかった、聞きたいものだ」

季蔵は以前、長次郎の日記の中に饅頭について書いた箇所を探したことがあった。見つかったのは椀物《わんもの》の一つであり、濃厚で滋養に富んだゆり根《ね》の鴨饅頭であった。以下のようにあった。


鴨饅頭、正しくはゆり根の鴨饅頭という。まずは茹《ゆ》でて裏漉《うらご》ししたゆり根と塩少々と小麦粉で、耳たぶほどの柔らかさの皮を作り、等分して丸めておく。

餡はみじんに叩《たた》いた鴨肉を酒と醤油《しょうゆ》で味付けし、干し椎茸《しいたけ》の粗《あら》みじん、生姜《しょうが》汁を加えて皮の数と同数に等分し丸める。銀杏《ぎんなん》は殻を割って茹でて剝いておく。

丸めてあったゆり根の皮を丸く伸ばし、鴨肉等の餡、銀杏を置いて丸く形よく包み蒸籠で蒸し上げる。

前もって出汁《だし》を拵えておき、調味し葛《くず》または片栗粉でとろみをつける。

人参《にんじん》を紅葉の形に切り、塩と味醂《みりん》を加えたひたひたの出汁で煮ておく。

これと松葉のように細く切った柚子《ゆず》の皮を、出汁を張った椀に盛りつけた鴨饅頭の上に添える。

変わり鴨饅頭として、ゆり根を里芋に鴨を鶏肉に変えて、里芋饅頭に仕上げると、あっさりとした味わいになり、安価にもなる。


「あのね、饅頭はまたの名を蒸餅《じょうへい》って言われてて、海を隔てたすぐ向こうで古くから作られてきたんだって。おいらたちが握り飯や蕎麦《そば》、饂飩《うどん》なんかを小腹の空いた時に食べるように、気楽に長く食べられてきたものらしいよ。小麦粉を練って丸く伸ばした皮に、肉や青物の餡を包んで蒸して、春のお祭りに〝蔓頭《まんとう》〟と呼んで供えられてたとか――」

「そうなると、こちらの饅頭とは別の食べ物だな」

季蔵が洩らすと、

「実はそうなんだよね。嘉助旦那はだからこそ、饅頭については深く知ってほしいんだって」

「こちらに饅頭が伝わったのはいつ頃なのだろう？」

季蔵の問いに慌てた三吉は、

「えっと、ちょっと待ってね」

嘉助が饅頭について書いてくれた紙を片袖から取り出した。

以下のようにあった。


饅頭の事始めは貞和《じようわ》年間末年（一三四九年）に来朝して帰化した林浄因《りんじよういん》による。浄因は奈良《なら》に住んで塩瀬《しおぜ》姓を名乗り、饅頭を製して生業としその家系は饅頭屋《まんじゆうや》と称された。塩瀬を最古の菓子屋とする向きもある。この塩瀬により、次第に饅頭は広まって、小豆餡の入ったものには、塩で小豆の甘味を引き出した饅頭、貴重な砂糖入りの砂糖饅頭の二種があり、他に煮野菜を餡にする菜饅頭等の種類があった。これらは小麦粉を甘酒で練った皮で餡を包み、しばらく寝かせて蒸したもので、いわゆる酒饅頭の類《たぐい》であった。

さらに饅頭は多種多様になる。

粳米の粉にヤマノイモを加えて皮にする薯蕷《じようよ》饅頭、それに蕎麦粉を加えた蕎麦饅頭、葛粉を練って餡を包んで蒸す葛饅頭等である。

また、平たい鉄鍋を用いれば焼物菓子の栗饅頭や唐芋饅頭等も拵えることができる。焼物菓子の饅頭の風味や美味さは格別である。やや高価ではあるが、時季の風情と品位が必須である、茶の湯の菓子としての引きは多い。風呂《ふぜい》（石窯）が普及すれば、こうした焼物菓子の饅頭はもっと広まるであろう。

――煮野菜を餡にする菜饅頭の皮を甘酒を入れずに小麦粉だけで拵えると、いつだったか、椋鳥《むくどり》さんがなつかしがっていた信濃《しなの》のおやきになるのだろうな。なるほど、これだけ長きに亘る歩みがあるなら、元祖饅頭が遠方の津々浦々にまで、さまざまな形や名で広まっていっても、分かれて、独自な菓子の道を極めて来ていてもおかしくはない――

信濃の郷土食のおやきは小麦粉や蕎麦粉等を水で練り、薄くのばした丸い皮で、主に野沢菜漬や塩、醤油、味噌《みそ》で味付けしたおから、きのこ、かぼちゃ、胡桃《くるみ》、切り干し大根等で作った餡を包み焼いたものである。

砂糖を用いずとも甘味がある小豆餡のおやきはもてなしやとっておきの時に食された。ちなみに椋鳥さんとは冬場雪に閉ざされて農作業が出来ず、江戸に出稼ぎにやってきて、春には帰って行く信濃等の男たちの総称であった。

「さあ、どうする？　せっかく石窯があるんだ、いっそ、あれで、焼物菓子の亥の子饅頭を拵えてみては？」

季蔵が促すと、

「そう思わないでもなかったんだけど、おいら、まだ、焼物菓子の饅頭なんて食べたことないもん、やっぱし、試したことのある方でやってみるよ」

三吉は店が終わって暖簾を下げた後、饅頭の皮を寝かせるために、小麦粉を甘酒で練り始めた。

「ほう、玄米等の雑穀粉は使わないのか？」

季蔵のこの問いを、

「雑穀粉を混ぜた方が亥の子の身体の色とは合うんだろうけど、ちょい、考えるとこあってさ――」

曖昧《あいまい》に濁した三吉は、饅頭の皮作りを終えると小豆餡作りに取りかかった。

「おっかあにも今夜は遅くなるって言ってきたから、今夜は小豆餡が出来るまでやる」

秋も深いというのに三吉の額には汗が滲《にじ》んでいる。

「季蔵さんはどんな菜や肴になる亥の子饅頭を拵えるのかな？　お奉行様はどっちかを選ぶんだろうから、おいら気になるよ。どうせ、競ったって相手が季蔵さんじゃぁ、勝負になんないけどね」

三吉は洗い物をしている季蔵に訊いてきた。

「鴨饅頭のように椀物にする饅頭は拵えない。せっかくだから、楽しんで拵えてみようと思う。それと、三吉、これは勝負じゃないぞ。そもそもお奉行様にそのつもりはないはずだ」

季蔵は言い切った。しかし、

「じゃあ、亥の子餅ならぬ亥の子饅頭って謎《なぞ》かけ、いったい何のつもりなのかな？」

三吉の目は思い詰めていて、季蔵は言葉に詰まった。

――もとより亥の子饅頭作りの競い合いなどではあり得ない。ただ事ではない気がしないでもないが、あのお方がなさることの見当は皆目つかない。ここまで真剣な三吉を関わらせてしまって、果たしてよかったのか？——

季蔵は不安な心持ちになった。

それもあって、深夜に油障子を叩く音が響いて、

「塩梅屋、季蔵、急用である」

聞き覚えのない男の声が聞こえた時、三吉が小豆餡を仕上げた後、おかかの入った握り飯を五つ、六つ食べて小上がりで寝入ってしまったことが幸いに思えた。

——何やらよくないことが起きたような気がする。三吉を事件にだけは巻き込みたくない、それには何も悟られたくない——

季蔵は外に出て相手と向かい合った。

「わしは——南町奉行所——臨時廻《まわ》り同心——岡村儀右衛門《おかむらぎえもん》——と言う者、北町奉行——烏谷椋十郎様——の命により、さる所へ——おまえを連れていかねばならない」

岡村儀右衛門は六十歳にはまだ幾らか間のある年頃であった。息を切らしているのか、低く小さな声を途切れさせつつ、ぜいぜいと喉《のど》を鳴らしていた。そのくせ、ぷんと鼻をつく酒の臭《にお》いがした。

——酒を飲んでいた上、この刻限にこの年齢で急いだのでは無理もない——

そもそも臨時廻りとは、年を経た元定町《じようまち》廻り同心が定町廻り同心の補佐をする役目である。

――どうして、このような者が来るのだろう？――

烏谷からの急ぎ指定の所まではせ参じろという命は、文や人づて、あるいはあの松次から伝えられるのが常であった。

「事情を話すとするか、わしは――南町奉行定町廻り同心――の伊沢蔵之進《いざわくらのしん》殿の――推挙により、大怪我《おおけが》を負われた――田端宗太郎《そうたろう》殿に代わって、しばらく、北町奉行所で――定町廻りの――お役目を果たさせて――いただくこととなった」

頭を下げた岡村は疲れきった表情ではあったが、言葉を途切れさせながらも何とか無事に挨拶《あいさつ》を終えた。

「わたくしは――」

――お奉行がわたしの正体を明かしているわけがない――

一瞬戸惑った季蔵だったが、

「一膳飯屋塩梅屋の二代目主です」

さらりと告げて微笑んだ。

「何やら、塩梅屋、おまえには――事件を解決に――導く力があるの――だと、伊沢殿――より、聞いて――おる。田端殿も――大変――助けられて――いたはずだと――」

岡村はまだ苦しそうだった。

「しばしお待ちください」

季蔵は身支度を調えると岡村と共に歩き出した。火急の用件であることは間違いなく、走ろうと相手を促したいところではあったが、せいぜいが早歩きしかできなかった。

「一つ、お訊《たず》ねしたいことがあります」

とうとう季蔵は訊かずにはいられなくなった。

六

「何かな？」

岡村は立ち止まった。

「このような急なお呼び出しとあれば市中に起きた凶事でございましょう？」

季蔵も歩みを止めた。

「察しの通りだ、ここまで来ればもう目と鼻の先だ」

岡村は短く応え、歩き出した。

——何と——

岡村はお玉の家族が住む雀《すずめ》長屋の木戸門を潜《くぐ》った。どの家も夜の帳《とばり》に包まれていてしんと静まり返っていた。

——まさか——

岡村は奥まったお玉の家の前で足を止めた。季蔵のそうであって欲しくないという想いは裏切られた。

「凶事はこの家の中だ。亭主の絵師安芸川清州《あきかわせいしゅう》から、子どもの成長を描いた絵巻物を受け取りに華応寺《かおうじ》の住職が、長い通夜の帰りに訪れ、惨事を目の当たりにし、急ぎ番屋に報せてきた。ここの者達は先だって北町が一度は捕らえし者達の家族だということ、また、後何刻かで月番が変わることもあり、北町で扱った方が——という南町のお奉行のお気持ちであったが、北町では田端宗太郎殿という探索の主柱を欠いているとのことで、南北両奉行が話し合われて、南町が扱うことになり、わしのところにお鉢が回ってきたというわけだ」

岡村は淀《よど》みない口調で凶事を巡る人事について告げた。

——よかった、この御仁は心の臓の発作ではないかと案じていたが、大事ない、ただの息切れだったのだな、けれどもここでは——

すでにお玉の家の前に立っているだけで血の匂いが漂ってきていた。岡村が油障子を引くと、土間に首を斬《き》りつけられて死んでいるお玉の姿があった。

——どうしてこんなことに——、あの獣のような若者はとっくに刑死しているはずだというのに——

唖然《あぜん》として季蔵は目を疑ったが、骸《むくろ》の主は間違いなくお玉であった。

岡村が手燭《てしょく》の灯りをお玉の骸から水入れのある厨の端へと移すと、腕の付け根から切り落とされた片腕が見えた。

「すみません、もう一度、灯りを先ほどの場所にお願いします」

再度お玉の骸が照らし出された。

両袖と腕や手に目を凝らすとお玉の骸には両手が付いていた。

「今はこれ以上、何も見えんし、いたずらにここの暗闇《くらやみ》を探って、うっかり、大事な証を台無しにしてもいかん。ようはくわしいことは夜が明けないと何ともならんな、待つとするか」

「ええ」

こうして二人は油障子にもたれて座って、夜が明けるのを待つことになった。

「飲むかね?」

岡村は腰にぶら下げている、酒が入った竹筒を手にした。

「いえ結構です」

断ると、

「つきあいが悪いぞ。酒はわしの命と同じぐらい大事な代物だ」

白く濁りかけている両目が三角になりかけて、

「いただきます」

季蔵は渡された竹筒の中身を啜った。酒は薄かった。

「不味《まず》い酒だろう?」

「いえ、そんなことは——」

「見え透いたことは言うな。うちの井戸水で薄めてあるのだ。そうでなくても、市中の酒屋の酒は水入りだからな。この酒はとびきり不味い」

季蔵が応えに戸惑っていると、

「臨時廻りになってからというもの、とにかく金が無いから、酒好きのわしが日々、切らさずに飲むとなるとこんな酒しか飲めない」

岡村は自嘲《じちょう》気味に苦く笑い、ごくごくと竹筒の中身を飲み干した。

「薄い酒でしたが、清々《すがすが》しかったです。不味くはありませんでした。よほど酒屋で吟味してもとめているのでしょう？」

「本気で言ってくれてるのか？」

「もちろん」

「おまえ、安くて美味い菜や肴の作り方を書いた紙を配ってて、時には瓦版《かわらばん》に載ることもあるほどで、そこそこ名の知れた料理人だそうだな」

「恐れ入ります」

「だったら、今度おまえの店に客として行くから、この酒に合う肴を作ってくれ」

「かしこまりました」

「さあ、そろそろだ」

いつの間にか家の中が白んできていて、岡村は立ち上がり季蔵も倣《なら》った。

まずは戸口にほど近いところにあるお玉の骸を視た。お玉に苦悶《くもん》の表情はなく、大きく丸い黒目がちの目は天井に向けてぽっかりと開いていた。

——まるで驚いてでもいるようだ——

お玉の刺された首側に血だまりが広がっていたが、土間全体にも夥《おびただ》しい量の血が流れていた。

「せめてもの救いは斬りつけられてすぐ、命を無くしたことだな」

岡村が呟いた。

血まみれの片腕が落ちていた近くに男物の着物の片袖が千切れていた。これも血に染まっている。片袖が斬られた瞬時に千切れた片袖が吹っ飛んだものと思われた。

「この片腕は絵師のものではないかと思う」

岡村は片掌《かたて》を調べていた。

「掌や指だけではなく、爪の間にも絵具が染み付いている。これは絵師のしかも右腕だ。ここの主安芸川清州のものだろうな」

「ということは清州さんは――」

季蔵が思わず言葉に詰まると、

「土間に流れている血はお玉だけのものではなく、右腕を斬られた清州が逃げようとした証だろう。とはいえ、戸口に血の痕《あと》は無かった。これはもしかして――」

岡村は縁側へと歩き出し、季蔵も続いた。

縁側にはべったりと血の痕があったが、外は土なのでこれ以上は追えない。だがその代わりに、男物と思われる大き目の下駄の痕がくっきりと付いていた。

「わしはこいつを追ってみる。これだけの深傷《ふかで》を負ってはとても遠くまでは行けまい。見つけて医者に血止めをしてもらえば、万に一だが助けられるかもしれない」

岡村はそう告げて清州のものと思われる下駄の痕を追って、縁先から出て行った。

――子らはどうなったのだろう――

一人になった季蔵は板敷に上がった。幸いにも板敷に血の染みの痕は無い。よかったと安堵しつつ、

――生きていてくれ、この向こうに居てほしい――

息詰まるような思いで枕屛風《まくらびょうぶ》の後ろをのぞいた。

つんと来る小便の臭いこそしたが、子らの姿は見当たらず、女の子のものと思われる、紙と真鍮《しんちゅう》で出来た子ども用の黄色い小菊の簪《かんざし》が落ちていた。

それを拾って片袖におさめた季蔵は、板敷に目を凝らした。

二種の髪の毛が落ちていた。ぱらぱらと落ちているのは男の子のもので、女の子の方は長い髪の毛であった。

――米俵に入れて掠《さら》ったのだろう――

米俵に使われる藁《わら》も何本か落ちていた。確かめると藁は縁先にも散らばっていた。

――ここから連れ出された子らはおそらく、殺されずに生きてはいる‼　だが、このような形で掠われて行った以上、どんな恐ろしいことが待ち受けているかわからない。早く見つけてやらないと――

季蔵は暗然とした想いでしばしその場に立ち尽くした。

――お玉さんはあの時、身体を張って子らを守ろうとしたというのに――

刑死した若者に立ち向かおうとしたお玉の勇姿がしきりに思い出されて、目も胸の辺りも熱くなった。

ふと我に返って、

――感傷に浸《ひた》っている場合ではない――

自分を叱りつけつつ、傍らの柳行李《やなぎごうり》の中身を調べた。

――このような惨事を厭《いと》わなかった下手人が、あのもうこの世の者ではない若者でないとすると、きっと別の目的があるはずだ――

柳行李には絵具や筆、絵巻用の紙はおろか、季蔵が見せてもらった自分の子らの成長を描いたものも無かった。実に一幅の絵巻も一枚の絵も見当たらなかった。

――相手の目的は清州が描いた絵巻であったのかもしれない――

しばらくして岡村が戻ってきて、

「長屋の裏手にある小川まで下駄の痕は続いていたが、そこまでだった。血を流し過ぎて死んだか、どこかに潜んでいるのではないかと辺りを探したが、それらしきは見当たらなかった。敵に追いかけられて小川に落とされたか、自ら飛び込んだか――。どうあれ、あの傷ではもう命を落としているはずだ。助けられなかった」

残念そうに肩を落としていた。

七

――この御仁にも人を思いやる感傷と優しさの心がある――

季蔵は岡村を好ましく思った。

しかし、岡村はこの後、

「烏谷様の命でお玉の骸と亭主の片腕は戸板に載せずに、血を拭《ぬぐ》った後、長屋の裏手につけた大八車で伊沢殿の別宅まで運ぶようにとのことだ」

意外な後始末を告げた。

別宅というのは、烏谷が別名で神田新銀町代地《かんだしんしろがねちょうだいち》に借りているあばら家で、季蔵は蔵之進からその存在を知らされ、そこで骸検《あらた》めをしたことがあった。

――お奉行にとってこれは公にしたくない、誰《だれ》にも知られたくない惨事なのだ。なるほど、それで松次親分も当のお奉行もここに姿を見せないのだな――

季蔵は、裕福な商家のおちゃっぴい娘お絹殺害の真相にまつわる闇は深く、まだ、完全には明らかにされてはいないのだと悟った。

――心のどこかに疑問を残してはいたが、それと対峙《たいじ》する気力が湧《わ》かなかったのだ。あの若者が刑死して全ては終わった、お玉さん一家は幸せな駆け落ちにすぎなかったお満さんに負けず劣らず、これからは幸せに暮らしていくのだと確信したかったのだ。不審に感じたことはあったのに頭から追いだし、闇など一切見たくなかった――

その挙げ句がこのような惨事につながったのだと季蔵は悔いられた。

——生きるか、死ぬかの闘いの相手だったあの若者は、いったい、どこの誰だったのか？　厳しい責め詮議《せんぎ》にも耐えてしゃべらないのであれば、何とかして、別の手段で調べるべきではなかったか？　そうすれば今回、お玉さんたちを襲った若者の仲間も見つけられて、このような痛ましいことにはならなかったかもしれないというのに——

季蔵は鋭い刃物で心を抉《えぐ》られているかのような呵責《かしゃく》を感じ続けていたが、岡村の方は息の切れていない言葉で淡々と先を続けた。

「それから、この一家は借金地獄ゆえの夜逃げと見なされる。これも烏谷様の命だ。次の店子を探すべく、急ぎの改修と称して、掃除屋に扮した役人たちに、徹底的に血の痕を消し去らせる。これについてはすでに大家、家主にも伝えてあるとのことだ。おまえもそのつもりでな」

岡村は季蔵に口止めの釘《くぎ》を刺すのを忘れなかった。

——お奉行は徹底してここで何事も無かったことにしようとしている。もっとも、身重のお美代《みよ》さんを案じてお玉さんたちの身に起きた惨事を秘しておくほど、お奉行はお人好しではない。これほど厳重に隠すには何か大事中の大事があるのだ——

「ではこれで。わしは後始末の者たちを待つゆえ、おまえは立ち去れ」

岡村に細く痩《や》せた顎《あご》をしゃくられて、

「わかりました」

季蔵は帰路についた。

――この先、お奉行はわたしへの言伝を全てあの岡村様に託すつもりなのだろうか？　南町奉行所の臨時廻りで酒を好み、急げば息を切らす年配者だという以外、何もわたしには相手のことがわかっていない。にもかかわらず、わたしよりも先に岡村様にお玉さん一家のことを告げたのは、よほど岡村様を見込んでいるからだろう。だとすると、わたしが隠れ者だという事実も明かしているのでは？――

嫉妬《しっと》ではなかったが、季蔵は不思議さと不安とがないまぜに感じられた。

季蔵は一度家に帰って一刻（約二時間）ほど眠ってから、着替えをして店に向かった。すでに三吉は目を覚ましていて飯を炊いていた。亥の子饅頭の皮はぷっくりと気持ちよく膨らんでいる。

「眠るのってまるで妖術《ようじゅつ》だよね。起きたらこんなになっちゃってくれるんだから」

三吉は皮をこねてまるめた餡の数と同数に等分し、丸く平たい包みにしながら上機嫌であった。

届けられてきていたウリボウの肉片はすでに血抜きがされている。

「季蔵さんの亥の子饅頭はまさに亥の子なんだぁ」

三吉は歓声を上げた。

俎板《まないた》の上でウリボウ肉をみじん切りにした後、朝餉《あさげ》に味噌汁でも作ろうと、季蔵が裏庭へ直植えの葱《ねぎ》を取りに行こうとすると、

「あ、納豆汁買っといたから」

　三吉が告げた。

「あれ、使い勝手がよくて人気だから朝早くじゃないと買えないもんね。それにおいら、元は納豆売りだったし。〝なっとー、なっとなっとうー、なっと〟って納豆売りの掛け声が聞こえたとたん、目がバチッと覚めたんだ。季蔵さん、三度の飯よりあれが好きだよね、あれっ、納豆汁も三度の飯に入るからこういう言い方、おかしいかぁ――まっ、いいよね」

「それは有り難い」

季蔵は板敷に上がると長火鉢に火を熾《おこ》して湯を沸かし始めた。

――納豆汁か――

先ほどまでの見聞と、早朝は息が白くなる早い寒さの訪れとの両方で、凍てつきかけていた心身がほっと緩んだ。

納豆汁とは挽き割り納豆を用いた汁のことで、亡き長次郎は日記に書いていて、今、なぜか季蔵はふとそれを思い出した。離れへ足を向けて積み重ねられている日記をひもとかずとも、全文が思い出せた。

――しばし、料理のことだけを考えていたい――

納豆汁について長次郎は以下のように記していた。

江戸の冬に欠かせないのが叩き納豆である。これは以前、納豆売りが晩秋の早朝から売りに来ていた、挽き割り納豆、青菜、豆腐一式のことである。昔は晩秋から真冬いっぱいだったが、あまりに好まれるので、今では夏でも売られているようだ。ただし、これは江戸市中ならではの売り物で、上方では売られておらず、数少ない納豆好きによる自家製のみと聞いている。

何より便利なのは、一式を人数分の椀に取り分けて湯を注ぐとすぐ啜って、暖をとることのできる納豆汁となることだ。好みで醤油または味噌を少々加えて自分流の味に調味するとなお旨《うま》い。江戸では納豆飯よりも多く食されているように思う。

また、納豆は滋味豊かな食べ物ゆえ、冬が寒く辛《つら》い奥州や信濃では、粒納豆、挽き割りの別なく味噌汁の具にしたり、雑煮に入れたり、七草粥《ななくさがゆ》の代わりが納豆汁であったり、春はふんだんに採れる山菜汁の味付けに使われるのだという。

そうなると、この納豆汁に晩秋納豆汁などという風情のある名付けをするのではなく、滋養冬汁とか命守り汁などと命名するべきなのかもしれないが、ここはわたしの我《わ》が儘《まま》で、好きな蕪村《ぶそん》の一句に添いつつ、塩梅屋ならではの贅沢《ぜいたく》な晩秋納豆汁の拵え方を記しておきたい。

朝霜や室《むろ》の揚屋《あげや》の納豆汁　　蕪村

ちなみに揚屋とは遊郭の遊女を呼んで遊ぶ家であった。

また与謝《よさ》蕪村は享保《きょうほう》年間（一七一六〜三六）から天明《てんめい》年間（一七八一〜八九）に生きた江戸時代中期の俳人、画家であった。その類稀《たぐいまれ》な才は、四季と共に移ろいゆく花鳥風月を愛でて、これ以上はないと思えるほどの美と静謐《せいひつ》を、五七五の短さに凝縮し得ている。

――とっつぁんが蕪村の一句に感銘を受けて拵えたという晩秋納豆汁を、一度だけ今時分に味わわせてもらったことがあった。あれは大胆にして洗練の極み、どんな食通も唸《うな》らせることができるほど、ことのほか美味だった――

長次郎は晩秋納豆汁の拵え方を以下のように書いていた。

豆腐はよく水を切り、賽《さい》の目《め》より二回りほど小さく切り揃えておく。繊細な歯触りを楽しみたいので出来れば絹ごし豆腐が望ましい。

香りが控えめでシャキシャキとした歯ごたえが魅力の白髪葱《しらがねぎ》を拵える。

長葱の白い部分の半量を人差し指ほどの長さに切る。縦に中央まで切り込みを入れる。芯と白い部分に分けられるので、白い部分だけを取り出して重ね、繊維に添って千切りにする。

これを冷たい水に入れて、六百数える間晒《さら》し取り出す。真っ直ぐだった葱がくるりとなり、葱特有の臭みや辛みも適度に抜け、水気を含んでシャキッとなる。

葱の残りの部分はみじん切りにする。

冬場の滋味として欠かせない野鳥の肉を細かに叩く。鴨が望ましいが、鶉《うずら》でも、野鳥が入手できなければ鶏でもよい。

出汁の利いた、味噌もやや濃いめの味噌汁を拵えて、すり鉢でさらに潰《つぶ》して漉し餡状になった挽き割り納豆と、豆腐、みじん切りの葱、叩いた野鳥または鶏の肉を入れる。

これを椀に盛りつけて、白髪葱を盛り、少々の芥子《からし》とニンニク、小さく削《そ》いだ柚子《ゆず》の皮をのせて吸口《すいくち》とする。

——独特の強い臭みではどちらも負けていない納豆と野鳥を、味噌と葱、芥子、ニンニクのみならず、寒さがもたらす華のような香りの柚子まで用いて、絶妙な味わいに変えている。ここまで典雅な逸品ともなると、たしかにこれは紅葉を愛でるかのようで、晩秋納豆汁としか言いようがないだろうな——

しばし長次郎独自の晩秋納豆汁に想いを馳《は》せていた季蔵は、

「お湯沸いてるよ」

三吉の指摘に促されて、

「そうだな」

慌てて二人分の椀を並べ、湯を注いで醤油を垂らして混ぜ合わせた。

「できたぞ」

こうして二人は出来合いの納豆汁を菜にして、炊きたての飯に箸《はし》をのばした。

第四話　鴨《かも》ぱりぱり

一

「おいら、これも好きなんだ」

五膳《ぜん》目の飯をよそった三吉《さんきち》は、その上に残りの納豆汁をかけて、忙《せわ》しく掻《か》き込み始めた。

季蔵《としぞう》は几帳面《きちょうめん》に飯と汁を交互に口にしつつ、

――そうだった、三吉にはまだとっつぁんの晩秋納豆汁を教えていなかった――

そこで季蔵は長次郎《ちょうじろう》が思いついて、遺《のこ》した日記によって、塩梅屋《あんばいや》に受け継がれている晩秋納豆汁の作り方を口にした。

三吉の第一声は、

「挽《ひ》き割り納豆に味噌《みそ》、豆腐、鴨《かも》、葱《ねぎ》、ニンニク、柚子《ゆず》、芥子《からし》。それ、どんだけ、いろんなもん使ってんだろ。叩《たた》いた鴨入りってだけで、もう、口ん中に唾《つば》湧《わ》いてきちゃうよ」

しばし、納豆汁飯を掻き込むのを中断して、

「急に腹がくちてきて、何だこれって気もしてきた」

箸《はし》を置きかけた。

「たしかに晩秋納豆汁は絶品だが、それはそれ、これはこれだ。それに何より食べ物を粗末にしてはいけない」

季蔵は苦言を呈しながら、淡々と箸を進め、

「そうだよね。贅沢《ぜいたく》で美味《うま》いもんばっかし贔屓《ひいき》にすんのはよくないよね。安くて美味いが売りの納豆汁だって捨てたもんじゃない」

三吉は再び、箸を強く握りしめると、納豆汁飯をずずっと音を立てて啜《すす》り込み、ぺろりと出した舌で唇を舐《な》めた。

「けど約束してよ、そのうち、きっと納豆汁の将軍様、晩秋納豆汁を啜らせてくれるって――」

三吉が念を押してきて、

「わかった」

季蔵は大きく頷《うなず》いた。

この後、二人はそれぞれの亥《い》の子饅頭《こまんじゆう》の仕上げに入った。

三吉の方は後は蒸籠《せいろう》で蒸すまでに仕上がっていたが、季蔵は急がねばならなかった。

「おいら、手伝うよ」

「頼む。まずは飯を炊《た》いてくれ」

「言ってくれれば、食わずに残しといたのに」

「いいんだ、とにかくまた炊いてほしい」

「ん」

こうして、季蔵はすし飯のための飯を三吉に炊かせ、自分は油揚げを一枚ずつ俎板《まないた》に広げて、擂《す》り粉木《こぎ》で叩き、半分に切って中を開いた。これを作る数ぶん用意すると、目笊《めざる》に並べ、たっぷりの熱湯で湯通しした後、大鉢の冷水にとってから、手で挟むように水を絞る。この時、油揚げの色と食味に変化をつけるために半量を裏に返しておく。

平たくやや大きめの鍋《なべ》に酒とやや多目の水、適量の砂糖、醬油《しょうゆ》を入れて、二種の油揚げを並べて火にかけ、焦げないように気をつけながら味を馴染《なじ》ませる。

「団扇《うちわ》が要るぞ」

季蔵に急《せ》かされて三吉はすし飯作りには欠かせない団扇を手にした。そして、飯が炊けるのを待って、すし桶《おけ》に広げると、酢、砂糖、塩の合わせ酢を加えて、飯が冷めるまで団扇で扇ぎ続けた。

「前から訊《き》こう、訊こうと思ってたんだけど、どうして、すし飯って扇《あお》ぐの？」

三吉は首を傾げてふと洩《も》らした。

「教えなかったかな？」

「おいら訊かなかった。だって前におっかあに訊いたら、〝すし飯は扇ぐと決まってる、馬鹿なこと訊くんじゃない、馬鹿と思われる〟って凄《すご》い剣幕で叱《しか》られたことがあったんで、つい――」

「まず一つ。炊き上がった米の飯が美味いのは水気があるからだが、これに合わせ酢を入れると、すし飯がべたつく。だから扇いで水気を飛ばすのだ。すし飯は人肌ほどに冷めた時に、ほどよい風味を醸し出す。それで扇いで素早く冷ますのだ」

「だったら、初めから冷めた残りご飯なんかで酢飯を作る方が簡単なんじゃない？」

「炊き立ての飯は酢を良く吸うが、冷めると酢の染み込みが悪くなる。それとすし飯の風味は人肌ほどがいいと言ったろう？　冷めすぎると風味が落ちる。それで炊き立ての飯に合わせ酢を混ぜてから、扇ぐのが一番なのだ」

「なるほどね」

三吉は晴れ晴れとした顔で得心した。

季蔵は油揚げの中に詰める秋のすしの具を作り始めた。

干し椎茸《しいたけ》を水で戻し、蒟蒻《こんにゃく》は茹《ゆ》でてアクを抜き、蓮根《れんこん》、ゴボウは酢水にしばし漬けてからさっと茹でておく。これらと人参《にんじん》を粗みじんに切り揃《そろ》え、出汁《だし》と酒、醬油、味醂《みりん》を加えて薄味でさっと煮ておく。

食用菊は沸騰したお湯に塩を少し入れて茹で、水洗いして水気を絞り酢漬けにしてみじんに切る。

ウリボウ肉のおぼろ風佃煮《つくだに》を作る。大きめの平たい鍋を火にかけて菜種油をひき、みじん切りのニンニク、生姜《しょうが》、長葱で香りを出して皿に取り置いておく。

この鍋を洗ってまた火にかけ、菜種油をひき、叩いてみじんに切ったウリボウ肉を炒《いた》め、ニンニクと生姜、みじん切りの葱を加えてさらに炒め続ける。

これに酒、味醂、黒砂糖、芋焼酎《いもじょうちゅう》、赤味噌を適量入れて調味する。

煮上げてある干し椎茸、蒟蒻、蓮根、ゴボウ、人参と酢漬けの食用菊、ウリボウのおぼろ風佃煮を、すし飯と合わせる。

これを甘辛味がこっくりと染みた油揚げの中に詰めていく。

こうして三吉の小豆餡《あずきあん》入り亥の子饅頭と季蔵の菜または肴《さかな》というよりも、飯代わりになる二種の稲荷《いなり》ずしならぬ亥の子饅頭がほぼ仕上がった。

仕上げは二人ともが金串《かなぐし》を手にした。

金串をしばらく竈《かまど》の火で焼いて、それぞれの亥の子饅頭の上にウリボウの毛並みを想《おも》わせる筋の焼印をつけるのである。

「おいら、先にやっていい？」

「もちろん」

三吉は季蔵より先に金串を焼くと、緊張しきった様子でその切っ先を亥の子饅頭の真っ白い皮にあて始めた。ウリボウの鼻先と口、二つの目が出来た。

「なるほど、凝ってる。ウリボウらしい目鼻口を配して饅頭菓子を仕上げるために、あえて、亥の子の毛色になる玄米粉等を使わなかったのだな。たしかにこの方が亥の子の愛らしさが際立つ。さすが煉《ね》り切りでの修業が身になっている」

上生菓子である煉り切り菓子には四季の花鳥風月が、味わいもできる一幅の絵であるかのように託され、この上ない繊細な技がもとめられる。

菓子作りに熱心な三吉は嘉月屋《かげつや》主《あるじ》、嘉助《かすけ》の指南の下に、寝ずの努力を重ね続けて見事、この技を自分のものにしていた。

「そんなに褒《ほ》められるとおいら、力んじゃうよ」

三吉の額から冷や汗が滴り落ちた。

「もう一回」

三吉は再度金串を火で焼くと、ウリボウの特徴ある毛並みの筋に取りかかった。

慎重を期して三吉は金串で饅頭に筋を付けていく。饅頭の脇《わき》すれすれに一本筋を付けた時、

「うわぁっ」

三吉が悲鳴を上げた。

慎重が過ぎて、金串をあてる時が長過ぎたので、白い皮が焼けてしまい、小豆餡が匂ってきた。

「どうしよう、どうしよう」

狼狽《うろた》える三吉を、

「まだまだ饅頭の数はあるんだから、そいつは試し食いに回したらいいだろう」

季蔵は宥《なだ》めた。

「そ、そうだよね」

「気楽にやるんだ」

「わかった」

こうして三吉は再度とりかかり、饅頭の皮を焼くこともなく、目鼻口と三本の毛筋のある亥の子饅頭を仕上げきった。

季蔵の方は、

「毛並みの筋が同じではつまらなくなってきた」

金串よりも太い火鉢の火箸に替えて、すっすっと太目に三本ずつ、変わり稲荷ずしでもある亥の子饅頭にウリボウの印をつけた。

「季蔵さんは、おいらみたいな失敗はしないいんだね、せっかくの饅頭を試し食いにすることもないし――」

妙な感心の仕方をする三吉に、

「ただの慣れさ」

季蔵は苦笑した。

さらに三吉は、

「お稲荷様が好きな油揚げって、狐《きつね》色なんだろうけど、印付けるだけで亥の子色に見えてくるから不思議だよね。それと、油揚げが裏返ってる淡い色のと、そのままの濃い色のとじゃ、焼きの毛並みがつくと、ますます違って見えて、ひょっとして、味まで違うんじゃないかって、おいら思っちゃう。美味しそうだよね、いい匂いのウリボウ肉が入ってる、季蔵さんの飯にもなる濃淡の亥の子饅頭」

ごくっと唾を呑み込んで、讃え続け、

「よし、それではそろそろ試し食いと行こう。皮が破れたおまえの亥の子菓子饅頭一つに、飯にもなる俺の亥の子饅頭は濃淡を一つずつ」

季蔵が根負けして呆《あき》れ顔になると、

「季蔵さんの拵えた方、一つずつだけ？　これって二人で分けるんだから、濃淡を半分ずつってことだよね。おいらの亥の子菓子饅頭も半分ずつだけだし――」

三吉は何とも悲しげに呟いた。

――仕方がない、おき玖《く》お嬢さんやお美代《みよ》さんの分はまた拵えよう――

「お奉行《ぶぎょう》様に供する数だけ残して、今日の賄《まかな》いはこれにする。好きなだけ食べろ」

季蔵は言い切り、

「やったあ、今日の賄いは最高っ」

三吉は小躍りした。

二

この日の夕刻、稀有《けう》にも烏谷《からすだに》は現れず、代わりに文が届いた。

亥の刻（午後十時頃）、柳橋《やなぎばし》の船宿、〝みやこ〟にて待つ。

椋十郎《りようじゆうろう》

——亥の刻とは有り難い——

季蔵はいつも通りに客を迎えて仕事をこなし、三吉を帰らせると身支度を調え、二種の亥の子饅頭を重箱に詰めて柳橋へと走って向かった。

船宿〝みやこ〟の灯《あか》りが見えてきた。駕籠《かご》が季蔵を追い抜こうとする時烏谷が垂れを上げ、

「よく来たな」

にんまりと笑った。

〝みやこ〟の前で駕籠から下り立った烏谷の様子に季蔵は目を瞠《みは》らされた。挽《ひ》き茶の地に金糸銀糸で鶴《つる》が縫い取られている羽織と揃いの着流し姿で、早くに隠居暮らしを決め込んだ放蕩者《ほうとうもの》の小大名か、大身《たいしん》の旗本の一人に見える。

「時も時ゆえ、急ごうぞ。女将《おかみ》、手間をかけたな」

船宿の女将から編笠《あみがさ》と菅笠《すげがさ》を受け取ると、金を握らせ、猪牙舟《ちょきぶね》の待つ船着場まで歩いた。季蔵は後に続く。猪牙舟の名称の謂《い》われは舟の先端が猪《いのしし》の牙《きば》のようで、猪のように速く進むゆえと言われている。

二人を乗せた猪牙舟は隅田川《すみだがわ》を遡《さかのぼ》って山谷堀《さんやぼり》につけた。ここでも船宿の主が待っていて、

「特別に手に入れましたよい灘《なだ》の酒がございますよ」

揉《も》み手《で》をしたが、

「悪いが急ぐのだ」

烏谷はやはりまた金を握らせ、

「行き先が行き先ですからね、そうでございましょう、そうでございましょう。どうか、ゆっくりとお楽しみください」

相手は相好を崩して見せた。

「ご用意いたしております」

二丁の駕籠に二人は別れて乗り込んだ。

ここまで来ると季蔵にも烏谷がどこへ行こうとしているのかわかった。

──塩梅屋の離れでもなく、いつもの茶屋でもなく、お奉行の用心深さははかりしれない。それほど相手は底知れず手強《てごわ》いということなのだろう──

駕籠を下りた後、二人は笠を被《かぶ》り、大門を抜けて吉原《よしわら》へと入った。吉原はさすがに夜半とあって妓夫《ぎゆう》（客引き）の声よりも、ことさら強く吹きすさぶ秋風の音の方が高かった。

「お客さん、まだ遅くないでげすよ、いい妓《こ》はたくさんまだいやす」

「ここは夢の国だよ、夢の国。そうとなったら浮き世を忘れて遊ばにゃ損、損」

それでも、赤い欄干がひときわ目立っている豪勢な店先の格子の向こうには、白塗りの肌に何本もの簪《かんざし》や笄《こうがい》で飾られた大きな頭、夜目に映える華美な衣装の女たちが座らされていて、妓夫は嗄《か》れて掠《かす》れた声を精一杯張り上げ続けている。

烏谷はこうした店の前では立ち止まらず、ずんずんと先を急いだ。その足が東河岸《がし》へと向かっていることに季蔵は気がついた。妓夫の声は聞こえなくなり、寒々しい強風が唸《うな》りを上げている。

――羅生門河岸《らしょうもんがし》とはまた――

吉原の遊郭には女たちの器量や年齢によってぴんきりの格付けがあり、常に花魁《おいらん》と称せられる人気のお女郎を置くことのできる、格上の店は天井知らずの高値だった。

一方、東河岸の羅生門河岸となると同じ吉原でも、私娼窟《ししょうくつ》の岡場所で相手をえり好みしているよりは、ずっと安く遊べる場所であった。切《きり》とは時間決めで客を取ることで一切が百文であった。

ちなみにその命名は嫌がる客を無理やり引き込むことも多かったので、鬼が出ることもあったという京の都の羅生門になぞらえていた。

烏谷は羅生門河岸の薄汚れた店並みで足を止めた。

――後々、お奉行と落ち合う箇所の一つになるかもしれない。そのためには覚えておかねば――

季蔵は吉原東河岸、お歯黒どぶの脇道を入って二軒目と記憶した。

烏谷は声も掛けずにこの店の戸を引いた。

「お待ちしておりました」

一瞬、季蔵はそこに立って待ち受けている大年増《おおどしま》がお涼《りょう》に見えた。一糸の乱れもない身繕い、しゃんと伸びた背筋と細い首、それほどその女はお涼によく似ていた。

「田代善七郎《たしろぜんしちろう》様とお連れの方でございますね、どうぞこちらへ」

女将はほとんど表情を動かさずに挨拶《あいさつ》した。

――醸し出している雰囲気は似ているが、よく見ると違う。お涼さんの顔はこれほど華やかな造りではないが、もっと明るさと伸びやかさがあり、笑顔が似合う。この女は能面のようだ――

「どうぞ、こちらへ」

笠を取って、履物を脱いだ二人は階段を上った先の部屋へと案内された。

「常に倣《なら》って茶なぞは振る舞いません」

女将は能面の顔で告げると階下へ下りて行った。

烏谷は季蔵と向かい合うなり、

「ここは吉原にこそあって、切見世《きりみせ》の一つであるかのようだが、実はこうして人に訊《き》かれたくない話をする場所なのだ」

ぎらりと大きな目を剝《む》いて言い放った。

「今はここまで来なければ、大事な話はできないということですね」

季蔵が念を押すと相手は大きく頷いて、

「まずはそれを貰《もら》おうか、見せてくれ」

重箱を包んだ風呂敷《ふろしき》に目を向けた。

「それでは」

季蔵は風呂敷を解いて重箱の蓋《ふた》を開けた。

「亥の子餅ならぬ亥の子饅頭を作れとの課題はなかなか難しく、このようになりました。菓子饅頭と飯饅頭の二種です。三吉は菓子の方をわたしは菜と肴になるものをと心がけていたのですが、椀物《わんもの》ではありふれてしまうので、亥の子饅頭ならぬ変わり稲荷ずしにしてみたのです」

「わかった、よく聞き届けて作ってくれた、礼を言うぞ。三吉にもよろしく伝えてくれ」

労をねぎらった烏谷はしばし、じっと二種の亥の子饅頭に見入っていて、

「幼い子というのは、とかく、このような可愛《かわい》げのある生き物に見立てた食べ物が好きなのであろうな？」

問い掛けというよりもふと洩らし、

「まさにその通りでございましょう」

今度は季蔵の方が首を縦に振った。

この後、季蔵は烏谷が二種の亥の子饅頭を食べ比べてみるべく、摘まみ取るものとばかり思い込んでいたが、相手は蓋をして、包み直して渡すようにと手振りで示した。

——何とこのお奉行が召し上がらないとは‼——

内心季蔵は仰天した。今までよほどの重大事が起きていて急を要する時、昼間に落ち合う水茶屋の二階であっても、季蔵に命じて携えさせた食べ物に手を付けなかったことなど

一度も無かったからである。

重箱を包み直して渡しながら、

――この場所といい、このお奉行といい、全《すべ》てが従来とは比べものにならぬほど緊迫の極みなのだ――

季蔵はさらに気を引き締めて、

「一度伺わねばと思っておりました。深傷《ふかで》を負った田端《たばた》様が御療養中ゆえ、代わりの方が必要なのはしごく当然ですが、なにゆえ、突然、南町の臨時廻《まわ》りの岡村儀《おかむらぎ》右衛門《えもん》様をわたしのところにお遣《つか》わしになったのです？」

口調こそ穏やかではあったが、烏谷の顔を見据えるようにして訊いた。

「岡村儀右衛門は酒で身を持ち崩してしまった難のある老体だが、定町《じょうまち》廻りの頃《ころ》から調べは確かだった。ようは田端の穴を田端によく似たあやつで埋めたのよ、悪いか？」

烏谷はわははははと愉快そうに笑ったが、その目は冷ややかだった。

「もとより、わたしが口を出すことではないのですが――」

季蔵は知らずと目を逸《そ》らしていた。

――この勝負、のっけから負けたな――

「そちは松次《まつじ》が面白くないのではと案じているのではないか？」

〃ええ、多少は〃と応《こた》える代わりに季蔵は頷いた。

「松次が年寄りの臨時廻り、それも南町の者を不快に思うのはよいことだとわしは思うておる。負けてはいられぬと勇んでさぞや気を吐くことだろうからな」

「ならば、これからは、わたしがお奉行様の命で駆け付けねばならぬ時は、松次親分にもお知らせ願います。あのような非常な場には、長年お調べの場に居合わせて培ってきた親分ならではの勘が働いて、下手人探しの良き手掛かりになることもあるかと思いますので──違いましょうか？」

季蔵はやっと一矢報いた。

「まあ、一理はある、よかろう、次回からは松次にも伝えよう」

烏谷は苦い顔にもならずに快諾したが、別のことを思い詰めているかのように気もそぞろに見えた。

──これも常のお奉行ではないな──

「よろしくお願いいたします」

季蔵は頭《こうべ》を垂れた。

「他にはないか？」

「命を奪われたお玉《たま》さんは息が尽きるまで、家族を案じていたはずです。特にいたいけな子らのことを──。ですから、奉行所を上げて、一刻も早く、あの家から連れ去られた子らを探してほしいのです。もちろん御亭主で子らの父親であり、片腕を失う怪我《けが》を負っている清州《せいしゅう》さんのことも気掛かりですが──」

季蔵は巧むことなく、心の訴えを素直に口に出した。

三

「これはお涼にも訊いてみた。女というは生まれながらに母親の心を持っているものだろうか？　実は例の神田新銀町代地《かんだしんしろがねちょうだいち》の家へ運んだお玉を、市中一と言われている骸検分《むくろけんぶん》に長《た》けた医者に調べてもらったところ、妊《はら》んだことのある女に特有の腹の線等は見られず、子を産んでいないことがわかった。獣と変わらない若者に襲われて、そちと松次が助けなければ殺されていた時、お玉は身を挺《てい》して、子らを必死で守ろうとしたという話は松次から聞いている。腹を痛めた我が子でもないのにそこまで出来るものだろうか？」

烏谷は首を傾《かし》げつつ真顔で季蔵を見つめた。

「子らは清州さんの連れ子だったのですね。お玉さんは産みの母ではないとしても育ての親のはずです。たとえ自分がお腹に宿した子でなくとも、幼い頃から世話をしていれば、産みの母と変わらぬ愛情と絆《きずな》で結ばれていたのではないでしょうか？」

「お涼もそう言っておったな。しかし、わしは男で子を持たぬゆえか、今一つぴんと来ないのだ。そもそも、両親が商いをしくじる前は、お玉とてそこそこ豊かな暮らしが当たり前であったはず。それが市井の絵師ごとき、しかも手も金もかかる子連れと所帯を持ち、清貧に甘んじていた理由も正直わからん」

頭を抱える烏谷に、

「お涼さんは何と応えました？」

季蔵は訊かずにはいられなかった。

「〝それは旦那様《だんな》が相手のために死んでもいいとまで思ったことがないゆえです〟と、お涼の奴、涼しい顔で言ってのけた。そういうおまえにはあるのかと訊くと、〝もちろんでございます、だからこうしております。お気づきになりませんでしたか？　女とは男が商いや政《まつりごと》、技等に命を賭《か》けるように、これと定めた男や家族のために生きられるものなのです〟と、お涼には似合わぬ強い目で返してきた――」

「まさにその通りだと思います」

季蔵はさらりと同調し、

「そちまでそう言い切るなら、まあそうだろうが」

烏谷はまだ完全には得心していない様子であった。

「それより、今度のお玉さん一家の件で、わたしの心の中の不安は広がるばかりです。常に身辺には見えない敵がいると感じるのです。これはお奉行様も同様でございましょう？　そうでなければ、このようなところまで――」

季蔵は壁の男女が睦《むつ》み合う枕絵《まくらえ》の方をちらと見た。

「そうだ」

烏谷は大きく目を剝いたが、これは常の威嚇《いかく》とは異なり、恐怖が見開かせたものだった。

「あの侍たち」

「あの侍たち」

二人は同時にその言葉を口にした。

「思うに、あの獣じみた若者と、田端様とお美代さんを襲った手練《てだ》れの侍たちがどうしても結びつきませんでした。ですから、わたしはあの若者の刑死をもってこの一件が終わったとは、心のどこかで思っておりませんでした。命からがら、松次親分と共にお玉さんと子らを助け、結果、清州さんがお解き放ちになっても、心のどこかに不安がつきまとっていました。その不安とは、相手が多勢で、身重のお美代さんを庇った結果とはいえ、手練れの田端様にさえ、あのような深傷を負わせたことだったのです。そして、また、そんな輩《やから》が、まだ何の追及も受けずに、おそらく遠くないところで、のうのうとしているという怖れだったのかもしれません」

「そちはその奴《やつ》らがお玉を殺し、清州の片腕を斬り飛ばし、子らを連れ去ったと睨んでおるのだな」

「他に考えられません」

「だとして、町方に何ができる？　お美代の話では侍たちはどこぞの家中の者らしく、身《み》形《なり》もよく、浪人者などではなかったという。提灯《ちょうちん》の家紋でも覚えていてくれれば見当もつこうが――。わしは所詮《しょせん》町奉行にすぎぬ。武家と名のつく家屋敷は目付が取り締まる。大名家ともなれば大目付だ。わしたちが調べることなどできはせぬ。相手は北町の定町廻り同心とその妻を見張り続けた挙げ句、謀《はか》って殺そうとしたにもかかわらず――。これほど口惜《くや》しく腹の立つことはないのだが、今しばらくは、攻めは諦めてこちらの守りを徹底させるしかない」

言い終えた烏谷は、今まで季蔵が見たことのない、何ともやりきれない顔になった。大きく歪《ゆが》んだ表情が泣いているようにさえ見えた。

「しばらくは塩梅屋にも足を向けぬぞ。言伝《ことづて》で動いてくれ」

吉原羅生門河岸から、二人は別々に帰路についた。

──お玉さんがああなってしまった以上、子らにとって親はもう清州さんしかいない。お玉さんから見せて貰った、清州さんが子らを描いた絵巻は明るさと愛に溢《あふ》れていた。育ての親のお玉さんだけではなく、実の父親の清州さんも子を想う優しい心根の持ち主なのだ。だから、どうか、父親も子らも生き延びてほしい。そして必ず元のように親子で暮らすのだ、ああ、神様、仏様──

季蔵は清州や子らの生を信じようと心の中で祈り続けた。

翌朝、夜の白む前に長屋を出た季蔵は朝一で立つ市場の前に並ぶと、二種の亥の子饅頭をもう一度拵えるため、足りなくなっていた材料を買い揃えた。

米、小麦粉、小豆、砂糖、油揚げをはじめ、具にする、主に秋が旬の根菜類等は難なく買えたが、ウリボウ肉だけは知り合いの猟師に頼むことにした。

──身重のおき玖お嬢さんとお美代さんには安産祈願に、瑠璃《るり》の場合は無病息災、そうだ、甘党の松次親分にも届けよう──

こうして材料が揃って、三吉が小豆餡を仕上げ、饅頭の皮のためのふるめんとに一晩かけたところで、二人は各々の饅頭作りに没頭した。

「どうだった？　お奉行様、おいらの亥の子饅頭、美味《うま》いって言ってくれたかな？」

三吉がしきりに訊くので、

「ああ、味だけではなしにウリボウの顔にたいそう感心なさってた」

やむなく季蔵は方便を使い、

「季蔵さんのは何て？」

一瞬困惑したが、

「中身はそこそこ美味いが、外見のウリボウらしさに工夫がないと言われてしまった」

季蔵自身が悔いている仕上げについての思いに代えて伝えた。

「おまえの方が遥かに上だよ、今回は負けたが油断するなよ、きっと取り返してやるから」

季蔵は笑顔で少々、思い切った物言いをした。

——やれやれ、これでおさまった——

出来上がった二種の饅頭は、離れの納戸から三吉が探してきた重箱に詰められ、使いの者たちの手によって各々のところへ届けられた。

早速、翌日には洗って清められた空の重箱が返されてきて、その中に入っていた短い文には、おき玖、お美代だけではなく、克江《かつえ》という見慣れない名もあった。

旦那様はお菓子の亥の子饅頭派なんだけど、あたしは断然、稲荷ずしの方。あの酢飯に入ってる肉そぼろ風の佃煮、ウリボウ肉でしょ。病みつく、病みつく、太りすぎちゃう、ああでも、止まんない。とにかくありがとう。

き玖

店を訪れて話しかけているような文は、如何《いか》にもおき玖らしかった。

――よかった、お嬢さんはことのほか元気そうだ。子の産まれるのが楽しみでならない、蔵之進《くらのしん》様に思いきり甘えているのだろう。このところ、来ないのはお腹《なか》が急に大きくなって歩きづらくなったからかな――

季蔵は知らずと笑みを洩らしていた。

その節は並々ならぬお助けをいただき、もしや、あの時の助けがなかったら、どうなっていたかと思いますのに、また、このたびは結構なお品をいただき恐縮でございます。ご恩を感じつつ大切にいただきます。

おかげ様で田端の傷は癒《い》え始めてきていて、傷めた肩と腕の鍛錬に励み、日に日に良くなっております。

美代

片や美代の礼状は礼儀に適《かな》い手厚いものの、固さに不安が隠れているような気がした。
——鍛錬とは剣術のことなのだろうが、傷が癒え始めてきている時に、まだ少し早いのではないか。それと左党の極みの田端様はきちんと滋養のあるものを食べて、養生されているだろうか。今は鍛錬ではなく、傷を治しつつ体力をつけてほしい——
季蔵は眉《まゆ》を寄せて、三通目の文を開いた。

突然の文で失礼いたします。わたしは宗太郎《そうたろう》の亡き母峰代《みねよ》の妹でございます。甥《おい》が深傷を負ったとの報《しら》せを受け、看病のため日々通ってきております。身重のお美代さん一人では心許《こころもと》ないのです。塩梅屋殿の名は市中の噂《うわさ》で知っておりましたが甥夫婦と昵懇《じっこん》の間柄とは今度のことで初めて知りました。そこで、厚かましいお願いで申しわけないのですがもう一度、甥、頑固我《わ》が儘《まま》な田端宗太郎を助けてくださいさい、お願いです。わたしどもばかり、亥の子饅頭をいただいても、甥の恢復《かいふく》は望めぬように見受けられて——。このままでは子が産まれる嫁は不安でならぬでしょう。

克江

塩梅屋季蔵様

四

——あの田端様のことを頑固我が儘とはよほど親しくしている叔母様でなければ言えぬ

言葉だ。やはり思った通り、田端様は医者の言うことになど耳を貸さず、鍛錬あるのみの我流で恢復しようとしている。さすがに嫁のお美代さんはここまで赤裸々に、御亭主の頑固我が儘ぶりを訴えられなかったのだろう。何とかしてさしあげなければ――

文を読んだ季蔵は一度も会ったことがないが、克江の甥夫婦を案じる心の深さにいたく打たれた。

――田端様に何か、滋養のある菜を拵えてお届けしたいとは思っていたのだが――

しかし、塩梅屋に立ち寄っても湯呑《ゆの》みの冷や酒しか飲まず、菜だけではなく肴もほとんど摂《と》らない田端のこととて、季蔵は常に気掛かりではあったものの、いったい何を届けたらいいのか思いつかずにきていた。

田端の叔母の文に揺り動かされ、改めて考えようと必死になっても何一つ思いつけぬまま、季蔵は仕事を終えて長屋に帰り着いた。

長屋の木戸門の前に見知った顔を見つけた。

「松次親分」

「よお」

季蔵を待って松次が立っていた。

「ちょいと礼が言いたかったんだよ、返し物もあるしね」

松次は手に風呂敷で包んだ空の重箱をぶら下げていた。

「甘酒はありませんが、お茶でもいかがです？」

——親分を通じて田端様の様子が聞けるかもしれない——

「そうさね」

松次は油障子《あぶらしょうじ》を引いた季蔵について中に入った。

季蔵は湯を沸かしてほうじ茶を振る舞った。

「いい番茶か、挽き茶があるといいのですが——すみません」

番茶や挽き茶は高価であった。

「なあに、飲み慣れてるほうじ茶が一番だよ。そういやぁ、あんたんとこで茶を呼ばれるのは初めてだな」

湯呑みを手にして板敷に上がった松次は、

「俺もそうなんだが、季蔵さん、あんたも几帳面なんだねえ」

整理整頓の行き届いている家の中を見廻した。

「けど、几帳面なお人ってえのはとかく、頑固で思い込んだら譲らないだろう？　こいつは困るよな」

松次はふと洩らし、

「田端様のことですね」

季蔵は察して、

「これを——」

胸元からおき玖やお美代、克江からの文を出して相手に見せた。

「おき玖ちゃんのはこっちまで幸せが過ぎて眩暈《めまい》がしてきそうだが、お美代坊や田端の旦那の叔母様のは正直辛《つら》いよな」

松次はふうとため息をついて、

「いけねえ、あんたに亥の子饅頭の礼を言い忘れてたっけ。菓子の饅頭の方は菓子好きの三吉が拵えたんだろう？　俺は甘辛味に目がないんだ。ウリボウの甘辛そぼろが入ってる、稲荷仕立てのあんたの饅頭には、あっとびっくり驚かされて病みつきかけてるが、三吉のは正当派の菓子饅頭で文句なしに美味いよ。菓子の饅頭か、飯代わりの方か、悩んで食べるのもまた楽しくてな。あんたの仕込みの賜《たまもの》なんだろうけど三吉も腕を上げたねえ。励みになるだろうから、俺が褒めてたって伝えてくれ。けど、今更、断るまでもなく、田端の旦那はそうは思わねえんだろうね」

田端の話を切り出してきた。

「田端様ときたら、羨《うらや》ましいほど痩《や》せぎすだろう？　痩せぎすも普段、元気な時はいいが、酷《ひど》い傷を負った病人になると頼りない。傷の治りには滋養と休養だって聞いてるぜ。そうだろ？」

「その通りです」

「俺もね、いくらあの田端の旦那だって、今度という今度はちゃーんと飯と菜を食って、養生するもんだと思ってた。それで鰻《うなぎ》屋に頼んで千代田のお濠《ほり》で獲《と》れたってえ鰻を焼いてもらって、一日置きに届けさせてたんだよ。お城で使った水が捨てられてるあの濠の鰻は天下一品、丸々太ってそりゃあ、精がつく代物だって評判だろ？　もちろん、高いさ。でもね、俺はこんな時ぐれえしか、日頃《ひごろ》の恩返しはできねえと思ったんだ」

松次はさらに深いため息をついて、一度言葉を切った。

「田端様は鰻を召し上がっていないと知ったのですね？」

「あんたに文を届けた田端の旦那の叔母様が、俺にも鰻の礼を兼ねた文をくれてね」

松次も克江からの文を持っていた。

「これなんだ」

季蔵が見せられた文は長文であった。


おかげ様でお美代さんのお腹の子は順調に育っています。心配なのは甥宗太郎の身体《からだ》とお美代さんの心です。宗太郎ときたら、傷口がやっと塞《ふさ》がったばかりだというのに、剣術の鍛錬を始めました。奉行所の試合で負けたことがなく、腕に覚えのあった甥は、深傷を負ったことを恥じ、早く以前のように刀を握りたいのでしょう。あるいは一刻も早く奉行所へ戻り、相手を見つけて今度は勝ちたいのではと――。とにかく、あまりに早すぎる鍛錬で、今にも傷口が開くのではないかとお美代さんとわたしははらはらしています。

おわかりになっているとは思いますが、もとより、身内のいうことなど聞かぬ甥です。止められるとしたらお美代さんなのですが、女友達の夫の急場を助けるためとはいえ、家を出て身重の身で下手人探しをしていました。勝手をした自分のせいで宗太郎が白刃に倒れたと思い詰めているお美代さんは、息子への気遣いが過ぎて気兼ねしていて、早すぎる鍛錬を止《や》めさせることができずにいます。
日に日にお腹が大きくなっていくというのに、お美代さんの表情は晴れません。思い切って訊くと、——精のつくものなら何でもいいから、旦那様に召し上がってもらいたいんです。このまま日々、白粥《しらかゆ》だけじゃ、痩せ細るばかりで、お医者様は、目方を増やさないと力がつかなくて、刀を握るのも辛くなるだろうとおっしゃってるんです——と。
話してくれたお美代さんの顔は真っ青でした。
このような事情ゆえ、今後、結構なお品をいただくわけにはまいりません。お気持ちは宗太郎も感じ入っていることと思います。深く深くお礼とお詫《わ》びを申し上げます。

克江

松次殿

——白粥だけとは瑠璃と同じではないか？　叔母様だけではなく、さぞかし、お美代さんも案じていることだろう——

「そこでだ」

松次は気持ち居住まいを正した。

「そんなわけで俺は今の田端の旦那には、季蔵さん、あんたの助けが要ると思ってる。あんたを頼るしかないとお美代坊にも話した」

「お美代さんからは何も伺っていません」

「だろうな。お美代坊は〝あたしゃ大怪我を負った旦那様の急場だけじゃなく、お玉ちゃんと子らまで命賭けで助けてもらって、これ以上はとても――〟、まあ、あんたに宛《あ》てた本心を隠した礼の文の通りだよ。今はそんな遠慮してる時じゃねえのにな」

「それとお美代さんはひたすら、田端様の心に添っているのではないかと思います」

「どういうことだい？」

「田端様は今まで大病されたことなどないでしょう？」

「そうさね。あの通り、無駄口はいっさいきかねえが、肝心なことはきっちり話もすれば上にも物申すってえ、仕事一筋の上、滅法酒が強い。痩せぎすだが鍛えた身体で風邪で寝込んだなんて話も滅多に聞かない。草紙に出てくる主役ほど弱い者の味方だ、味方だって、ぎゃあぎゃあ騒ぎやしねえんで、派手じゃあないが、知る人ぞ知る、俺は旦那こそ、男の中の男だと思ってるよ」

松次は真顔で田端のことを褒め称《たた》えた。

「その上、通っていた道場では右に出る者はいない剣の腕前でしたね」

「そうそう、それもあったな」

「田端様のような意志も自負も強いお方は、弱ってしまったご自身の身体が認められないのだと思います。心の力で身体が支配できると思っておられる。添い続けてきたお美代さんは、今や、田端様の叔母様以上に、ご亭主の気性がわかっているのでなす術《すべ》がないのでしょう。もちろん、お美代さんは、自分の勝手のせいで夫がこんな目に遭《あ》ってしまったという自責の念にも取り憑《つ》かれ続けていて、ますます、田端様に何も言えずにいるのでは？」

「田端の旦那には、早く今まで通りになろうと焦るのが、無謀だとわからなくなってるってえのかい？」

「ええ」

「そのうち白粥の代わりに酒ってことにもなりかねねえな」

松次は顔を青ざめさせた。

「酒は一時、痛みを紛らわせてくれるでしょうから、よくなった、これでいいのだと思い込みつつ、酒を飲みながら、鍛錬をなさり続けると取り返しのつかないことになりかねません」

「そりゃあ、いけねえ、いけねえよ。俺が下戸だから僻《ひが》んで言うんじゃないが、いけねえ。気がついた時は身体がぼろぼろになっちまってるぜ、あの岡村の旦那みてえに――」

そこで松次は板敷の床の上に手を付いた。

「季蔵さん、今度はお美代坊に代わって頼む。お願いだ、田端の旦那を何とかしてやってくれ。この通りだ」

五

——全ての力の源は食べることだ。鍛錬の前に良き食膳だ。田端様には、たしかに何でもいいから、召し上がっていただきたいものだ——

季蔵は塩梅屋に立ち寄った田端が酒の他に口にした肴を必死に思い出そうとした。

「三吉が苦労して作ったぬれ煎餅《せんべい》を摘ままれていたのを思い出しましたが——」

「焼いて身を裂いたスルメもお好きだよ」

「スルメやぬれ煎餅は肴兼お八ツのようなものです。どちらも固いのでなかなかこなれずお腹の加減にはよろしくありません。今の田端様には向いていないでしょう」

「あんただったら、これという滋味を思いつきそうなもんだがな。滋養さえありゃあ、何も菜じゃなくったって、汁でもいいんだぜ」

「汁でしたらこれぞという贅沢な滋養汁がございます」

季蔵は先代が遺した塩梅屋独自の晩秋納豆汁の話をした。

「挽き割り納豆に賽《さい》の目《め》の豆腐、白髪葱《しらがねぎ》、みじんに叩いた鴨、味噌、芥子にニンニク、柚子まで入った滋味に富んだ汁です」

「そりゃあ、願ったりかなったりのすげえ代物だね。納豆好きの俺にはたまんねえ」

松次はごくりと生唾を呑んだ後、

「けどなあ、田端の旦那ときたら、江戸っ子には珍しく納豆嫌いなんだよ。いつだったか、納豆好きのお美代坊がぼやいてたよ」

「駄目でしたか――」

季蔵は残念そうに肩を落とした。

「これしきで挫《くじ》けねえで考えてくれ。あんただけが頼りなんだ。よろしく頼むよ」

またしても松次は頭を垂れて、

「そうそう、これも言っとかなきゃなんねえと思ってたんだが、あんた、もしかして、今の俺の立場に同情してくれてるんじゃねえだろうな？」

これを聞いた季蔵は一瞬返す言葉が見つからなくなった。

――松次親分の処遇についてわたしが案じたことを、話し好きだが口は禍《わざわい》の元とわかっているお奉行が当人に洩らすはずなどあり得ない――

「この間のお玉殺しの件じゃ、俺じゃなく、岡村の旦那があんたにまで報せに行ったろう？　あんたのことだから面食らうだけじゃなしに、間を飛ばされた俺のために岡村の旦那を嫌わないとも限らねえ。あんたにはそういう義理固いところがあるからさ、かえってこっちが案じたのよ」

――松次親分こそ、そこまでわたしの心を読んでいてくれたのだ――

松次は先を続けた。

「それとお美代坊にはお玉が殺されたことは内緒なんだ。またぞろお役宅を出るなんてことにはなんねえだろうけど、田端様の看病が上手《うま》くいってねえだけに、辛さが募るばかりだろうからさ。おき玖ちゃんの亭主の伊沢《いざわ》の旦那は、お美代坊と親しい女房のおき玖にも報せない方がいいって、お奉行様に頼んだんだそうだ。それであのお奉行様が南のお奉行様んとこへ乗り込んでって、起きた殺しの刻限も月を跨《また》いでることだし、前の一件との関《かか》わりもあるかもしれないし、全面的に北が請け負う代わりに、南からは田端様に替わる調べの達人を出してくれと頼んだようだ」

「その流れですと、田端様の代わりは蔵之進様が順当のように思えますが——」

「実は俺んところへ来て、この裏話をしてくれたのは伊沢の旦那なのさ。意気地のねえことだが、身重の女房、おき玖ちゃんを前に隠し立てはできそうにない、そんなことをしていたら、生まれる子の生死が心配で心配で夜も眠れなくなりそうだとおっしゃってた。俺も父親になろうとしてた時は、夢中であこぎな殺しを追いかけてて、死んで子どもが生まれてくる夢を何度も見たものさ。だから、蔵之進様の気持ちはよくわかった」

「それで岡村様に白羽の矢が立ったのですね」

「そういやあ、言葉はいいが、よりによって、南町の中に、北町の手伝いをしようなんて奇特な奴はいねえだろうが——。ようは酒代稼ぎだよ、岡村の旦那しかいなかったってえことだよ。岡村の旦那はそこそこの年齢《とし》になって、定町廻りを止めた。止めたというより、調べに出て行っても、飲みつぶれちまうことが多くて、五十歳になったのを潮に止めさせられたんだそうだ。その後、臨時廻りになったんだが、これはお情けさ。仕事はお大名登城の際の混雑の整理の手伝いとか、船着場での抜け荷なんかの取締の折の見張りの手伝い。どっちも多勢で働く場所だから、一人や二人、酒臭くってもどうってことねえんだろう」

「それらに比べれば今度のお役目は大きいですね」

「その通りだが、はて、当てにできるものかどうか？　俺としては岡村の旦那にはこのお役目を花道と定めて、しっかりやってもらいたいよ。あの旦那だって、昔は男の中の男、お仕えしてる田端の旦那みたいに、とにかく、颯爽《さっそう》としてて惚《ほ》れぼれしちまうような時があったんだろうからさ」

松次は酒に頼って鍛錬を続けるのではないかと懸念される田端に、どっぷりと酒に溺《おぼ》れてきて、酒の入った竹筒を手離さず、今は周囲の情けにすがって生きている岡村を重ねたのか、しきりに目を瞬《しばたた》いた。

「岡村様はなにゆえ、酒にしか救いを求められなくなったのでしょう？」

季蔵は訊かずにはいられなかった。

「一言で言っちまうと悲運だったんだ。あの旦那は誰が薦めても女房を持たなかったんだが、ある時、親子ほども年齢の違う若い女房を貰って皆を驚かした。女の両親《ふたおや》は居酒屋をやってて、岡村の旦那は常連だったんだよ。一人娘は居酒屋の主夫婦の宝だったから、店に出して手伝わせたことなど一度もなかった。まあ、乳母日傘《おんばひがさ》とまではいかないが、習い事三昧《ざんまい》のお嬢様に近い暮らしぶりをさせてた。ところが、世知《せち》辛《がら》い浮き世を知らないまま急な病で両親が相次いで死んだ。そうなると女はどうして生きていったらいいかわからない。別嬪《べっぴん》で芸事も出来たんで芸者にならないかなんていう誘いも来た。これにはもちろん、お大尽のお妾《めかけ》の話も含まれてた。女は思い悩んで、今後の身の処し方を岡村の旦那に相談するようになった。お上から十手を預かる身なら、安心だと思ったんだろう。ところがどっこい、岡村の旦那は〝若い女が居酒屋を継ぐのも、芸者になるのも感心しない、酔っぱらいの獣たちに美味い肉を差し出すようなものだ〟と繰り返し言った。そのうち、ほら、瓢簞《ひょうたん》から駒《こま》だよ。いい仲になっちまったようだ。なに、酔っぱらいの獣の骨頂が岡村の旦那だったわけだよ」

「そうは言っても、岡村様ご夫婦は幸せだったのでしょう？」

「そりゃあ、もう、皆羨んだろうさ。娘と小町を兼ねた天女みたいな女を女房にしたんだから」

「それからご夫婦の幸せな日々が続いたのですね」

「一粒種の男の子も出来てね。たしか名前は秀太郎《しゅうたろう》。その子のために旦那は昼間はお役目をこなし、夜寝る間も惜しんで、凧《たこ》職人のところへ通ってたってえ話だ。年齢がいってからできた子どもほど可愛《かわい》いものはねえって証《あかし》だよ、これは。旦那は自分で拵えた凧を揚げさせたい一心だったんだろうさ――。いいね、家族ってぇのは――」

松次の目が潤んだ。

「でも、今の岡村様はお一人のようですが――」

「まあねえ、人ってぇ者の幸せは過ぎると神様も妬《ねた》むんじゃあねえのかな。天下祭りの日だった。旦那が市中の見廻りに出てた時、祭りを一緒に見に行った若い御新造様が、知り合いに声を掛けられて、ちょいと目を離した隙《すき》に男の子がいなくなっちまった。同心の息子が迷子になったくらいじゃ、奉行所が動かないことを知ってる旦那は、それから半年も足を棒にして歩いて、四方八方を探し続けた」

「その子のいなくなった時の年齢は？」

「八歳かそこらだったと思う」

「八歳ならば大人の言わんとしていることがほぼわかるはずです。相手は子どもの好みそうな餌《えさ》をちらつかせて、自分に付いてくるよう釣ったのでしょう。岡村様はこれも踏まえてお調べになったはずです」

「そうだろうが、結局見つけることはできなかった」

「恋女房の御新造《ごしんぞ》様とは？」

「旦那は子捜しに没頭して帰りがいつも遅くなり、若い御新造様のことは顧《かえり》みなくなった。二人の間はだんだん冷えていったんじゃねえかと思う。御新造様があれほど若いのだから、いなくなった子のことはひとまず諦めて、次の子を作った方がいいという声もあった。たしかにそうしていれば、御新造様はあんな死に方をしなかったろうさ」

「まさか――」

「ああ、そのまさかだよ。御新造様はお役宅の梁《はり》で首を吊《つ》って死んだんだ。書き置きは、ようは、何もかも自分のせいだという思いは募るばかりで、その気持ちを引きずりつつ、先を生きていく力が尽きてしまったというような中身だった。今まで岡っ引きをやってて、どうにもたまんねえことってえのは幾つかあるが、これほど切なさや怒りの持って行きどころのなかったことはねえ」

松次は知らずと唇を真一文字に結んでいた。

「それから岡村様はあのように？」

「岡村の旦那はもともとうちの旦那と同じでイケる口だ。仕事をした後はうちの旦那みたいに水代わりに酒だった。それが秀太郎捜しをするようになってからは、酒入りの竹筒を持ち歩いて、仕事の最中、こっそりと飲み始めたんだよ。奥様が自害して果てた後は、人目も憚《はばか》らず飲むようになった。おかげで身体に酒が入っていないのは、酒代のない時だけになったのさ」

ここで松次は一度言葉を切った。

六

――お子さんが連れ去られた際一緒だったゆえに、自分のせいだと苦しみ続けていた亡き御新造様を、自害させてしまったという責めの重みが岡村様を酒浸《さけびた》りにさせたのだろう――

季蔵は何ともたまらない気持ちになった。

「生き地獄ってぇのはああいうのを言うのかもしんねえな」

松次の顔も沈んでいた。

「いっそなあ、骸になって見つかりでもしたら、気持ちのけじめはつくんじゃないかね。そうなったら、亡き御新造様や子どものいるところへ行っちまうかもしんねえが、今よか楽にはなるだろうさ。このままじゃ、岡村様は死ぬに死ねねえんだよ」

「岡村様は今でも調べを続けていて、何が何でもお子さんの消息を摑《つか》もうとしているわけですか？」

「うん、酔った弾《はず》みで役人仲間に洩らしたことがあるんだと。〝このまま俺が死んじゃ、もし、倅が生きてて浮き世で辛い目に遭ってたとしたら、妻に合わす顔がない、幸せだとしても喜ばせてやれない〟って。あの旦那は酒が禍して、悪酔いしての喧嘩《けんか》や酒代ほしさの強請《ゆすり》まがいのこともしてきてて、あまりよく言われてこなかったが、根は律儀さと優しさの塊なんだよ」

松次はしんみりと言った。

「もしや、親分は世間から漏れ聞こえてくる、岡村様の生き方に心動かされ、それで似たところのある田端様に仕えているのでは？」

「実はそうなんだよ。酒に強くて痩せぎすで調べに切れがある。酒を炎に例えりゃあ、名工の鍛える名刀みたいなもんだ、岡村様は。下戸で気がついた時は腹が出てて、直感はたいてい外れる、そんな俺とは全くの逆さね。名刀みたいな若き日の岡村様に憧《あこが》れてて、田端の旦那の下で働くことになった時、よしっ、これだ、俺にも名刀を拝める日が来た。田端の旦那には岡村の旦那にはない、剣の冴えまで備わってる、命がけでこの旦那の下で働こうと思った。そんな田端の旦那に今のような難儀が降りかかろうとは――、なまじの腕の覚えゆえに鍛錬を急ぎすぎて、田端の旦那を恢復から遠ざけてしまっているとは――。俺は田端の旦那に岡村の旦那の二の舞だけは踏んでほしくねえんだ」

「ならばお美代さんが身重の身でお玉さんのご亭主の疑いを晴らすべく、お役宅を出た時も、親分は並々ならず案じたのでしょう？」

「顔には出すまいと決めてたがね。長く出来なかった子宝だから、無事に生まれてほしかったよ。正直、岡村様のところの不運がひょいと頭をよぎりもしたしね」

「眠れぬ夜が続いたのでは？」

「俺は眠りのいい方でさ、一人娘を遠くに嫁にやる前の日だって、布団に転がったら最後、朝まで目が覚めなかった。だが、この時ばかりは、夜鳴き蕎麦《そば》屋の声に釣られて食いに出たよ」

松次は照れくさそうに笑った。

――ここまで田端様のことを思いやっている松次親分のためにも、何とか召し上がっていただけるものを思いついて、拵えなければ――

季蔵は意を決した。

翌朝、店に出てきた三吉は、油紙に包んだ大ぶりの鴨足肉二枚を手にぶら下げていた。

「たいした戦利品だ」

以前、三吉は玉子素麺《そうめん》のためのきんかん卵（鶏の卵巣内にある卵の黄身のもとになるもの）を貰って以来、主と懇意になり、店の前を通ると呼び止められるようになっていた。たいていは余り物をくれる。

ちなみに玉子素麺とは葡萄牙《ポルトガル》から伝来した菓子で、きんかん卵入りの卵黄液を底に穴の空いた容器ですくって、砂糖と水を煮立てた鍋に糸のように流し込み、頃合いを見て引き上げ、水切りをし、切りそろえて素麺状にしたものである。

形を作る必要がなく、意外に簡単なので、三吉は呼び止められた理由がきんかん卵だった時は、必ずこれを作って塩梅屋の八ツ時に振る舞っている。甘く卵の黄身の風味が格別の上滋養がある。季蔵は見舞いの品に使うこともあった。

――松次親分への見舞いなら卵素麺が一番なのだろうが、あそこまで左党の田端様となると眉を寄せられるだけだな――

「これはおいらが昨日の帰りに頼んどいたもんだから、きんかん卵みたいな余り物じゃあないよ」

三吉は胸を張った。

「おいら、どうしてもあれを食べてみたいんだよね。あれ、今時分だとじわーっと身に沁《し》みる美味さって感じがしてさ」

「晩秋納豆汁のことか？」

「ん」

「わかった」

こうして季蔵と三吉は晩秋納豆汁に取りかかった。

「鴨肉、皮ごと叩くのがいいかな、それとも――」

迷っている三吉に、

「納豆と鴨の皮では互いの臭味が旨味を邪魔し合うような気がする。止めておいてはどうか？」

「そうだね」

三吉は素直に従って皮を外した鴨肉を俎板にのせて叩いていった。

季蔵は手順通りに出汁をひき、賽の目の豆腐と白髪葱を用意した。出汁に味噌を溶き入れ、挽き割り納豆と豆腐、青みも入れた葱のみじん切り、そして叩いたみじんの鴨を入れてさっと煮立たせる。

そして、三吉との二人分を、椀に盛りつけ、白髪葱と芥子、ニンニク、柚子の皮の絶妙な香りに包まれながら、中の納豆と鴨の合わさった、えも言われぬ独特の風味を味わった。

「使った材料の他に納豆が包まれてた藁《わら》の匂《にお》いがする。実はこれがこの汁の一番の隠れ引き立て役のような気がする。まさに晩秋の匂いだな」

季蔵が洩らすと、

「思ってた晩秋納豆汁も美味そうだったけど、もう最高。おいら絶対病みつくな。だけど、藁の匂いが隠れ引き立て役だってことは、これ、秋の終わりだけの汁だってこと？」

「魚や青物に旬があるように、料理にも時季がある。まあ、これは藁のぬくもりが恋しい今時分が一番美味いはずだ」

「夏とかは駄目かな？　おいら、これをきんきんに井戸で冷やして、素麺に合わせたら、とびきり精がついて夏の暑さにうってつけの食べ物になるんじゃないかと思うんだけどな。飯代わりにもなるしね」

「柚子の皮と鴨はどうする？　どちらも秋が深まらないと売られないぞ」

「大葉の千切りが柚子の皮の代わりになると思う。茗荷《みょうが》なんかもいいかも。あと、鴨はさ、鶏にしちゃえばいい。夏にはその方があっさり食べられるんじゃない？」

「なるほど。夏まで覚えていて必ず試してみよう」

季蔵は微笑《ほほえ》みかけつつ、少々早い目の昼賄いを食べ終えた。

ほどなくして、

「ご免」

戸口で声がすると岡村儀右衛門が入ってきた。

「すいません、お客さん、せっかくおいでいただきましたんですけど、塩梅屋《うちは》は夕方からなんです」

三吉は暖簾《のれん》を戸口にかける動作をしてみせた。

三吉は深夜に岡村が訪れた時、張り切った亥の子饅頭作りで疲れきり、小上がりで熟睡していたので岡村とはまだ会っていなかった。

「三吉、いいんだ。田端様が休まれている間、松次親分と一緒に北町のお役目に当たられるお方だ。店には前においでになったこともおありだ」

季蔵は岡村の役目を告げた。

「へーえ」

三吉はぽかんと口を開けて相手を見つめた。

「田端様の代わりにしては随分と――」

言いかけた三吉は慌てて両手で口を塞いだ。

「よい、よい。わしはどうせ、臨時廻りの年寄りゆえな」

岡村はふふふと含み笑いを洩らしつつ、

「おまえは前に会った時、わしの飲む酒に合う肴を作ってくれると約束してくれたろう？それを思い出し、こうして寄ってみたのだ」

床几《しょうぎ》に腰掛けた。

早速、ぶらさげていた竹筒を手にして大きく傾けたものの、すぐにしかめ面になって、こほんとわざとの咳《せき》を洩らし、

「入れてきたつもりであったがな、はて、どこでこぼしたのだろう、惜しいことをした」

ふうと切なげなため息をついた。

「それでは塩梅屋の酒を飲まれてください」

季蔵は入手して間もない寒前酒《かんまえざけ》を勧めた。

お上が伊丹《いたみ》で確立された寒造りだけを酒造法と認めて久しい。厳冬に造られる寒酒《かんざけ》の仕込みを改良した寒造りは下り酒として名を馳《は》せていた。

しかし、気温が低い土地の限られた酒蔵では、新酒《しんしゅ》、間酒《あいざけ》、寒前酒、寒酒、春酒《はるざけ》といった古くから綿々と続く四季醸造が細々と行われてきている。

「上方から運ばれてくる下り酒は当たり外れなく美味ですが、値も高い。酒も口や喉《のど》を通るものである以上、下り酒以外にもさまざまな美味さがあっていいように思います」

季蔵は言い切った。

七

寒造り以外の酒造りを禁止する目的は、お上の酒造統制によって米価を調整するためであり、凶作年は禁止、豊作年に限って四季醸造が許された。

そのせいで生産許可の不安定な四季醸造は減り続けているが、昔ながらの拘《こだわ》りを捨てずに、四季醸造ならではの逸品を造り続けている蔵元もあった。

寒造りよりも早い時季に造られる寒前酒もその一つである。こうした寒前酒の中には、灘《なだ》や伏見《ふしみ》の下り酒と並んでもひけを取らない逸品もあって、先代長次郎はこれらを密《ひそ》かに塩梅屋酒と呼んでいた。

芳醇《ほうじゅん》ながらきりりと引き締まった辛口の味わいで、

「こいつがあるから、秋は食い物が美味いんだよ」

この時季の長次郎の口癖でもあった。

「それではいただくとしよう」

岡村は盃《さかずき》を傾けた。

一度目だけはじっくりと盃を舐めるように味わって、

「これは美味い」

目を細めた。

「岡村様の召し上がっている酒に似ておりましょう?」

——勧められた酒を啜った時、もしやと思ったがやっぱりそうだった——

季蔵は微笑み、

「今の時季はあの寒前酒」

二人は同時に寒前酒で知られている蔵元の名を口にしていた。

「あそこのは安くて美味い酒よな。もっともわしはこれしか買えぬ暮らしぶりなのだが
——わははは」

岡村は大笑いして、

「美味いが安いとわかっては気兼ねがなくなった」

二度目、三度目と飢えたように呷《あお》っていったが、

「うっかり濃いまま飲んでしまった」

「今日ぐらいはよろしいのでは?」

「いかん、いかん。これを薄めて普段飲み慣れているわしの酒にしてくれ。そうでないと――」

言いかけて岡村は言葉を止めた。

「そうでないと何でございましょう？」

「身体に障る。こんなぼろぼろの老体でも不思議と命は惜しいものでな」

岡村は顔中を皺《しわ》だらけにして無理矢理笑った。

――岡村様には死ねない事情があるのだ――

「それに、おまえはわしの薄めたこの酒のために、旨《うま》い肴を作ると約束したではないか。そもそもわしはそのためにここへ来た。深酔いなどしては味がわからなくなる――」

「ごもっともでございます」

――店のお客様用にと、晩秋納豆汁のための材料を残しておいてよかった――

「ほう、汁物か？」

立ち上がった岡村は興味津々に季蔵の手元を覗《のぞ》き込んだ。

「薄めた軽めの酒には醤油が欠かせないお造りや煮魚、揚げ物等、強くて重い肴は不似合いのように思えます。固いスルメや熨斗《のし》鮑《あわび》等の食味ともしっくりこないはずです。だとするとやはり、これではないかと――」

季蔵は仕上げた晩秋納豆汁を岡村に勧めた。

「ただの納豆汁ではないかという気もするが――、まあ、安い納豆は馴染みがある食べ物よな」

渋々箸を取った岡村だったが、一口味わったとたん、

「何だ、これは‼」

目を瞠った。

「こんな美味い汁がこの世にあったとはな。あっさりしているが、物足りなくない。よい味だが決して濃くはないので、わしの飲みつけているこの酒とも合う。美味い、美味い、有り難い、有り難い、何度でも言うぞ」

「お褒めいただいて恐縮です。まだいくらでも拵えられますので、どうかご存分に召し上がってください」

「それはますます有り難い」

こうして岡村は気に入った晩秋納豆汁を肴に、薄めた寒前酒を飲み続けた。機嫌は悪くはないのだろうが、そのまなざしは虚ろで、以後、全く話しかけようとはしなかった。

――こうして酔っているつかの間だけは、家族が揃って幸せだった思い出に浸れているのかもしれない――

季蔵は岡村の孤独が胸に迫った。

「季蔵さん」

三吉が声を掛けてきた。

「お願いがあるんだけど」

「何だ、言ってみろ？」

「おいらの亥の子饅頭、お世話になってて、いつもおいらのこと励ましてくれてる慈照寺《じしょうじ》の瑞千院《ずいせんいん》様にも、届けたいんだ、駄目？」

三吉は真剣な面持ちで言った。

「駄目なわけないだろう。慈照寺には何人もの尼さんが瑞千院様にお仕えしているから、沢山拵えなければな」

「季蔵さんの亥の子饅頭は一緒に届けないの？」

「あれにはウリボウ肉のおぼろ風佃煮が入ってるだろう？　御仏に仕える瑞千院様や皆様は口になさらないはずだ」

「ってことはおいらの亥の子饅頭だけなのかあ――」

三吉は少々拍子抜けした表情になった。

「だから、俺の分も頑張って沢山拵えろ」

「合点承知」

張り切って、甘酒と小麦粉を合わせてこね始めた三吉に、

「今、亥の子饅頭と言ったな」

岡村が刺すような視線を投げた。

今まで緩みきっていた顔が緊張で固まっている。

「ええ、申しました」

気がつかない三吉に代わって季蔵が応えた。

「亥の子餅《もち》の間違いなのでは？」

「いいえ、間違いではございません」

「その亥の子饅頭、どのようにして作るのだ？」

岡村の目は三吉を見据えている。

「えっ？　おいら？」

やっと話しかけられていることに気づいた三吉だったが、

「どうしよう？　そんなこと言われても、おいら、両方はできないよ」

泣きそうな顔で白い粉の付いた両手を岡村に向けた。

「拵え方はわたしが説明いたします」

見かねた季蔵が三吉に代わって、菓子の亥の子饅頭の作り方を順を追って相手に話した。

「ようは甘酒を用いた酒饅頭と変わらぬものなのだな」

「左様でございます」

「実は十七年前には市中にもその手の亥の子饅頭を売る者はいた。今の説明を聞いて、ここで拵えるという亥の子饅頭は、見かけは焼き串で毛並みや顔を描いた亥の子、中身は小豆餡が詰まっているものとわかった。当時の亥の子饅頭も同じだった。鹿の子《かこ》饅頭を知っているだろう？　鹿の子饅頭は周りに鹿の模様のように小豆が付いているだけだ。十七年前、この鹿の子饅頭を追い落とす勢いで亥の子饅頭は売れていた。鹿の子饅頭だけではなく、他の菓子と比べてもこの亥の子饅頭は高かった。しかも、小豆餡がたっぷりと使われている菓子ならぼた餅等これ以外にもある。それなのにあれほど人気を呼んだのは、饅頭に描かれるウリボウの顔や毛並みがことのほか愛らしかったからだ。秋の玄猪《げんちょ》の祝いには宮中や将軍家、格式ある武家で亥の子餅が供えられるが、これとは別に亥の子饅頭は一年中売られていた」

——岡村様が十七年前に売られていたという、亥の子饅頭についてこれほど執着なさっているのはもしや——

季蔵は心に浮かんだ想いをぶつけてみずにはいられなかった。

「岡村様のいなくなったご子息はこの亥の子饅頭がお好きだったのでは？」

「知っていたのか——」

岡村の目が怒りとも悲しみともつかない炎を宿した。

「ええ、人づてに」

「鹿の子饅頭の店が今もまだ流行《はや》っていて、あれほど人気だった亥の子饅頭が忘れ去られたのはなにゆえだと思う？」

「わかりません」

「亥の子饅頭は店で売られていたものではなく、さまざまな飴《あめ》や花林糖《かりんとう》同様、振り売りで商われていた。ある時を境に亥の子饅頭売りは姿を消してしまったのだ。そしてもう二度と現れなかった」

「それはご子息がいなくなってすぐのことでは?」

「そうだ。いなくなる直前、倅は母親に、〝あ、亥の子饅頭〟と叫んだと聞いて、わしは何とかして、亥の子饅頭売りを突き止めようとしたが出来なかった。女子ども相手に、あれほど人気だった亥の子饅頭売りは、忽然《こつぜん》とまるで煙のように市中から姿を消してしまったのだ」

岡村は歯がみした。

「そして、岡村様はまだその亥の子饅頭売りを捜されているのですね」

「もちろんだ。倅の生死はその亥の子饅頭売りが知っているはずだからな。わしはな、どんなことがあってもそやつを見つけ出す。そう、倅がいなくなってほどなく死んだ妻にも約束をしている。そのためには今少し生きていねばならぬ」

岡村は寒前酒の盃を呷ると、

「ところでおまえのところではなにゆえ、ああして亥の子饅頭を作らせているのだ?」

三吉に向けて顎《あご》をしゃくった。

――これでお奉行が〝亥の子餅ならぬ亥の子饅頭〟を所望してきた理由がわかりかけてきた。岡村様が追い続けているように、お奉行もまた、消えてしまった亥の子饅頭売りを突き止めようとしているのだ。しかし、今、ここで岡村様に、お奉行からの頼まれ事だと言うわけにはいかない――

季蔵は目が合った三吉に何も言うなという代わりに、片目だけをぎゅっと一瞬つぶってみせた。

すると岡村は、

「隠さずともおおよその見当はついておる」

残っていた酒を空の竹筒に空け、紐《ひも》を帯にはさんで立ち上がった。

八

去って行く岡村の痩せた後ろ姿は薄っぺらな紙のようで弱々しく、酔いも手伝って足をもつれさせている。そんな岡村を見送った季蔵は、

――せめて居なくなったご子息の生き死にだけでも知って、三途《さんず》の川を渡らせてさしあげたい――

切に思わずにはいられなかった。また、このところ常にそうしているように、

――田端家に岡村家の悲運が飛び火しないためにも、田端様に元気になっていただかなくては――

田端が食指を伸ばしそうな菜について考えていると、

「季蔵さん、晩秋納豆汁に使った鴨肉なんだけど、外した皮まだ残ってるよね。鴨の皮って脂身がどっさりついてる。あれ、何とかなんないものかな。葱と甘辛く煮てみる？　それじゃ、あんまし、ありきたりすぎるなあ。でも、捨てるのは勿体《もったい》なすぎるでしょ？」

亥の子饅頭の皮を仕込み終えた三吉が思案げな顔を向けた。

この時、

──そうだ、これは変わりスルメのようにもなる──

季蔵は閃《ひらめ》いた。

「七輪に火を熾《おこ》して、外した鴨の皮を出してくれ」

指示された三吉は、

「とっておきの鴨皮料理を思いついたんだね」

いそいそと七輪と涼しいところに保存してあった鴨皮の載った皿を持ってきた。

七輪に火が熾きたところで、小ぶりで平たい鉄の鍋をかけて熱し、まずは皮の面を下にしてじっくりと焼いていく。

「わ、凄い脂だ。それに鴨皮って根性入れて焼くと、こんなに小さく縮んじゃうんだね」

驚く三吉に、

「鶏屋で売られている鴨はおそらく、田んぼの落ち穂やドジョウ、タニシなんかを暢気《のんき》についばんで肥えて育った、渡りをしない鴨だろう。だから、脂もこのように多いのだろうな」

季蔵は教えた。

この後、片面の脂が溶け出したら、返して薄く肉の付いている面を下にし、かりかり寸前になるまで焼き、合わせた酒、醤油、味醂をかけまわし味を馴染ませて水気を飛ばし、切り分けて皿に盛りつけ、残っていた白髪葱をたっぷりと飾ってみた。

「白髪葱じゃなきゃ駄目？　おいら鴨皮が濃ーい味だから、葱もあっさりの白髪じゃなく、もっと匂いが強い方がいいんじゃないかって思うんだけど」

三吉は訊いてきた。

「小葱でも葱の青いところの細切りでも好きな葱でかまわない。今、焼いてかりかりに近い鴨皮と、水気の少ない白髪葱の合わさった食感がどちらもぱりぱりで、なかなかいいように思ったからさ」

「試しに食べていい？」

「もちろん」

こうして二人はこの鴨皮料理を賞味した。

「煎餅みたいで美味いっ、当たり前だけど米の煎餅よりずっと美味いよ。ここまで食べてもらえれば、鴨も丸々と肥えた甲斐があってきっと本望だよ」

三吉は歓声を上げて、

「これの名は？」

季蔵を促した。

——たしかにその通りなのだが——

一切れの半分を食べたところで季蔵は箸を止めつつも、

「鴨のぱりぱり」

笑顔で応えて、

「それ、いい。最高」

三吉はうれしく興奮している時の証で鼻の上に汗を掻いている。

「たぶん、甘酒にも合う――」

三吉は二人分、湯呑みに甘酒を注いできた。甘酒を啜って、皿に箸を伸ばしながら、

「松次親分もこの組み合わせ、きっと気に入るよ。親分の場合は加えて三杯飯かな。そういえば、松次親分、ここんところ立ち寄らないよね。さっきの酒好きの臨時見廻りって人、田端様の代わりでしょ？　だったら一緒に来たらいいのに――」

松次の話になった。

「代わりということは一時組むだけだろう？　律儀な松次親分はここへは田端様以外の方とは来るつもりはないのだ。それほど、親分は田端様の本復を待ち望んでいるのだろうな。わたしも何とか、力になりたいのだが――」

季蔵は箸を止めたまま、じっと鴨のぱりぱりに見入った。

「もしかして、それ、田端様へのお見舞い代わりに思いついたんじゃない？」

三吉の指摘に季蔵は苦笑して頷いた。

「これ文句なく、美味いよぉ、スルメが好きな田端様ならきっと食べてくれる。あっ、でも――」

三吉は両腕を交叉《こうさ》してばつ印を作った。

「病人に酒は駄目だよね」

「これは酒の肴に合いすぎるのだ。酔うことなどない甘酒に合うのも、ほんの僅《わず》かだが、酒同様米から作る甘酒にも酒らしき匂いがするからだ」

「じゃあ、甘酒と合わせて飲んで摘まんでもらえば？」

「甘酒は甘い。田端様は甘いものは一切口になさらない」

「せっかく田端様が喜ぶ絶品を思いついたっていうのになあ」

残念でならない様子の三吉に、

「これは今夜のお客様にお出ししよう。この白髪葱の上に輪唐辛子を散らすと、より、喜んでいただける酒の肴らしくなりそうだ」

季蔵はここでひとまず話を打ち切った。

翌朝、いつもより遅れて店に出てきた三吉は、またしても、竹皮に包んだものをぶら下げていた。

「長患いの病人の身体にいいってことじゃ、これが一番だって。鶏屋の旦那さんが言ってたんだから間違いないよ」

竹皮の包みの中は鶏のささ身肉三切れであった。

「田端様への見舞いの料理に窮していることを話したのか？」

季蔵は少々苦い顔になった。

「料理を商ってる一膳飯屋が、鶏屋に聞くのも何かとは思ったけど、この際、恥もくそもないよ。もちろん、どこの誰の見舞料理だなんてことまでは話さなかったし、向こうも訊

かなかった。旦那さんの話じゃ、長患いの病人はさ、五臓六腑《ごぞうろっぷ》が弱ってきてるんで、早く
こなれて精がつくもんが何よりなんだって。それには少ししか脂がないのに滋養になる鶏
のささ身がうってつけなんだって。鴨肉はお代をちゃんと払ったんで、ささ身の方はくれ
たんだよ。〝長患いの方の胃の腑に届く、美味しい鶏料理をお作りなさい〟って言って」
「それは有り難いことだ」
早速、季蔵は鶏のささ身を俎板に置いた。
昨夜、供した鴨のぱりぱりはたいそうな人気で、客たちの中には、鴨皮を調達するから
是非とも特別に拵えてくれと懇願してくる者までいた。
「ぱりぱりってぇ、この音がいいんだよ。今まで音に美味さがあるなんて、ちっとも知ら
なかったが、音が美味いってぇのはこのことを言うんだろうね。年齢のせいですっかり、
あっちの方はご無沙汰《ぶさた》になっちまったが、この音を口の中で鳴らしてると、いい女たちの
衣擦《きぬず》れの音を思い出せるんだよ。だからさ、お願いだよ」
自他共に認める食通であり、若い時分は漁色家だった履物屋の隠居喜平《きへい》とは、先代から
の長きに亘《わた》る縁もあって、
「他の方には内緒にお願いします」
季蔵はしぶしぶ、一度限りの鴨のぱりぱり作りを引き受けた。
鶏のささ身に見入っていると、喜平がとりわけ楽しんだぱりぱり、ぱりぱり、鴨のぱり
ぱりの音が聞こえて来た。

──そうだ、あのぱりぱりだ。鴨皮ではなく鶏のささ身をぱりぱりにするには──

季蔵は包丁を手にしてささ身の筋を取り、晒《さら》しに包むと、包丁を麺棒《めんぼう》に替えて叩き伸ばし始めた。

「わかった、鶏のぱりぱりだね。ああ、でも、薄く薄く伸ばすって、とかくすぐ破れちゃうから、凄ーくむずかしいんだけど──」

三吉は手に汗を握って、ささ身を叩き伸ばし続ける季蔵の手許《てもと》を見ていた。

「季蔵さんの叩き方、力が籠《こ》もってるようで籠もってない？」

「そうだ、打ち下ろす麺棒の重みで叩いている。だから、力が均等に加わるのだ」

「わっ、ささ身肉を通して俎板が見えてきた」

そこまで伸ばした長丸型のささ身肉は、直径が七寸（約二十一センチ）ほどに広がっていた。

これの裏表に軽く塩こしょうして、片栗粉を薄くまぶしつける。広くやや深めの鍋に揚げ油を用意し、焦げないように気をつけながら、カリカリになるまでこんがりと揚げて仕上げた。

試食した三吉は、

「これには絶対煎茶《せんちゃ》しか合わない‼　季蔵さん、とうとう出来たね、田端様のお見舞料理──」

思わず叫んだ。

「鶏のささ身を貰ってきてくれたおまえのおかげもある」

「名は鶏のかりかり？」

「それがいいだろう」

季蔵は持ち手のある竹籠《たけかご》に大きな煎餅のような鶏のかりかり二枚を盛りつけた。

――田端様が気に入って、お美代さんに拵えるよう頼むようにと祈って――

拵え方を記した紙も添えた。

「田端様へのお届けでしょう？　おいら、ひとっ走り行ってくるよ。鶏のかりかり、気をつけて運ばないと壊れちゃうしね、おいらじゃないと――」

三吉が買って出て、鶏のかりかりは八丁堀の田端の役宅へと運ばれていった。

九

翌々日、季蔵の元へお美代から以下のような文が届いた。


鶏のかりかりをお届けいただきありがとうございました。旦那様が〝スルメに似てるが美味さが異なる〟と言って、すっかり気に入って煎茶と共に食しています。ただし、そちらの添えてくださった作り方通りにはなかなかいきません。ささ身を叩いているうちに破れてしまうのです。

そうしたら、〝どれどれ〟と叔母が代わってやってみて、やはり破れてしまい、〝揚げてしまうのだから、これしきは大丈夫、大丈夫、味は変わらない〞と片栗粉で繕い、ことなきを得ました。

叔母は〝お美代やわたしが料理人の季蔵さんのようにいくわけもないのです。お美代がとりわけ苦手な料理に苦労しているのは知っていましたが、そもそも姉さんが甘やかしたせいで、宗太郎はあのような頑固な我が儘者なのだし、背伸びをして悩むことなんてないんですよ〞とも言ってくれました。

二人して顔を見合わせ、互いに初めて心から笑い合いました。

叔母は季蔵さんにくれぐれもよろしくお礼を言ってほしいと言っています。

旦那様は美味しく食べたおかげか、表情に険が消えて穏やかになり、本復を焦る余り、〝鍛錬、鍛錬〞と念仏のように唱えることもなくなりました。

本当にありがとうございました。

旦那様の身に起きたこと、お玉ちゃんがお見舞いに来ないのは、真から心を痛めているからだと思います。そういう女《ひと》ですから、お玉ちゃんは――。

今はお玉ちゃんとも笑って話せる日が来ることを信じています。

美代

季蔵様

これを読んだ季蔵は、

──田端様の叔母様とお美代さんはこれを機に温かい絆で結ばれたように思う。田端様も後でそれに気づかれほっとされるに違いない。ただし、病床の田端様にも秘しているので、お美代さんはまだ、お玉さんのことを知らない──

お美代がお玉のことを知る前に、まずは下手人を、そして子らや清州の行方を突き止めておきたいと切に思った。

とはいえ、この件についてはまだ何の手掛かりも得てはいないのだった。

──何か、見落としはないか？──

季蔵は起きたことを順に紙に記し、それらを追って考え続けた。知らずと以下のような内容を書き付けていた。

〝お玉さんの家の惨状を番屋に報せてきたという、華《か》応《おう》寺《じ》の住職順円《じゅんえん》をどこまで調べたのか？　まさかとは思うが、手を下した者と一番初めに骸を見つけた者が同じということもある〟

──華応寺の住職順円は、清州の子らを描いた絵巻に清冽無垢《せいれつむく》な画才を見出《みいだ》して、華応寺の富裕な檀家《だんか》たちへの仕事を取りつけてくれていた。とすれば、順円は下手人ではなく、その場に居合わせて隠れていたか、惨劇があった後すぐに訪れて、華応寺へと連れて行き、右腕を失った清州の手当をした後、世話をし続けているとも考えられる。寺社奉行の差配とはいえ、酷《むご》い事件は市中で起きたのだし、清州の行方も関わってくるのだから、華応寺はすぐに調べる必要がある──

長屋に帰った季蔵が明日には必ず華応寺へと行ってみようと決めて、うとうとしかけた時、とんとんと油障子を叩く音がした。

「これは蔵之進様」

こんな夜更けに訪れたのはおき玖の夫の伊沢蔵之進であった。

「案内しなければならぬ所がある」

淡々と告げた蔵之進は季蔵が身支度するのを待って先を歩き出した。常に似ずそっけない物腰である。

走って追いついた季蔵は、

「神田新銀町代地の例の家ですか？」

訊かずにはいられなかった。

「いや、北町奉行所だ。烏谷様の使いで来た。おまえさんの用心棒も兼ねている。ただし、俺は南町の同心だからな。門前までの案内とする」

「迎えならあなたではなく、松次親分や岡村様がおいでになるのでは？」

季蔵の言葉に蔵之進は一瞬、返す言葉を失ったが、

「案内の場所が北町奉行所ゆえとしておこう」

きっぱりと言い切ると、季蔵を振り切るかのような早足で前を進んだ。

――これは松次親分や岡村様にも知られたくないことなのだ――

蔵之進は北町奉行所の裏門まで来ると、

「それではこれで」

役宅の方へと身を翻《ひるがえ》して走っていった。

季蔵が裏木戸を開けると、

「待っておったぞ」

烏谷の大きな顔と大八車が迫った。

「これを見よ」

烏谷は大八車の荷台に掛かっていた筵《むしろ》を取り除けた。

――何とこれは――

季蔵は息を呑んだ。

そこにはおちゃっぴい娘のお絹《きぬ》の殺しやお玉たちを襲った咎《とが》で、とっくに刑死していたはずのあの獣のような若者が横たわっていた。

「こやつは生きていた。いや、今日の朝までは生きていたというべきであろうな」

烏谷が手燭《てしょく》で照らし出した若者の顔はすでに死者特有の土気色であった。

「刑死と世間を欺《あざむ》かれたのはなにゆえです？」

「数が少ないのでそうは知られてはおらぬが、完全に我を失っての殺しは罪一等を減ずると御定法にはある。それを言い立てて刑死を免れさせた。もちろん、これには何とかして、このような殺しの達人を育てている黒幕の悪党を捕縛したいという、こちらの目論《もくろ》みあってのことだった」

「だとすると、もしかしてあの〝亥の子餅ならぬ亥の子饅頭〟は、あの者に育ちを思い出させる手掛かりだったのでは？」

「その通りだ。いくら日々昼夜を問わず、調べを続けても、こやつの言うことは、黒幕に覚えさせられ、心身に染み付かされていた殺しの指図の断片ばかりだった。だが、たった一つだけ、それらから外れる言葉があった」

「それが亥の子饅頭だったのですね」

「そうだ。こやつはそちに作らせた二種のうち、ウリボウを模《かたど》って目鼻口と毛並みが際立つ亥の子饅頭に手を伸ばして貪《むさぼ》り食った。そこで思い出した。これとそっくりの代物が市中で売られていた時があったのだ。十七年前だ。よく似た亥の子饅頭が市中で毎日、行列ができる人気を得ていたというのに、ある日を境にぱったりとその売り手は姿が見えなくなった。当時も今も、店を持っていないそやつの行方を探す手掛かりはない。片や骸になってしまっているこやつが、この亥の子饅頭を覚えていたということは、その亥の子饅頭売りとよほど親しかったか、これを食べたのがよほどいい思い出だったに違いない。そして、こやつが殺しの指図の言葉以外、亥の子饅頭しか言葉を持たなくなったのは、子どもの時からずっと長きに亘って、殺しの手口だけを導かれていたからではないか？　殺しの指図は鞭《むち》で亥の子饅頭は飴。行方《ゆくえ》知れずの亥の子饅頭売りが黒幕であってもおかしくない」

「そのように見做《みな》す証はあったのですか？」

「わたしはこやつを畳を入れる等して手を加えた北町奉行所の地下牢《ちかろう》に、置いた。話をしようと向かい合ったこともある。人並みの暮らしに触れれば、何か思い出すやもしれぬと思ったのだ。ところが、こやつはそちのところの亥の子饅頭を食うてから、朝一つ、朝二つと数えて呟き続け、今朝死んだ」

烏谷は骸の首を照らし出した。そこにはくっきりと両手の指の痕《あと》が付いていた。

「この者は我が手で自分の首を絞めて死んだのですね」

「並みの者ではできまい」

「亥の子饅頭を口にしたら自ら死ぬよう黒幕の奴が仕掛けていたのですね」

「こやつが囚《とら》われたら、亥の子饅頭を届けて口を封じるつもりだったのかもしれぬ。こちらは充分警戒して、届けられた食べ物の類《たぐい》は捨てさせ、すぐに刑死したことにして、難から逃したつもりでいた。まだその時は亥の子饅頭という言葉を聞いていなかったゆえな。まさか、ここまで殺しの指図が捻《ひね》られていたとは――。だが、今はもう何を言っても、負け犬の遠吠《とおぼ》えにすぎぬ。そちの先ほどの問いに応えよう。黒幕への憤懣《ふんまん》はやる方ないが、確とした証などなく見当はつかない。こやつに死なれてしまってはまさに死人に口なし、いや、生きていても口は無いに等しかったか――とにもかくにも万策尽きた感がある」

烏谷は疲れの出た表情で珍しくがっくりと肩を落としていた。

「こやつのことは北町内の誰にも洩れぬよう、気心の知れた南町の伊沢蔵之進に任せていた。案じるな、おき玖は知らぬことだ。これから刑死したことになっているこやつを密かに弔う始末は、これ以上蔵之進に頼らずわしがやる。人一人殺して、そちが居なければお玉たちも殺していたゆえ、骸は鈴《すず》ヶ森《もり》に運ぶ。帳尻《ちょうじり》は合わせねばな。手伝ってほしい」

烏谷は袖《そで》から手拭《てぬぐ》いを出し、一枚を季蔵に渡すと、もう一枚で自分の頭を包んだ。

市中から二里半（約十キロ）、品川宿の先にある鈴ヶ森は処刑場として知られていた。

十

渡された手拭いで頭を包み顎の前で結び合わせた季蔵が、烏谷と共に大八車へと歩み出した時、

「お待ちください」

近くの茂みから声が掛かった。

「そのお役目、それがしがいたします」

岡村儀右衛門が隠れていたアオキの茂みから立ち上がっている。

「聞いていたのだな」

烏谷は鋭い声を上げた。

「はい、ここに居る塩梅屋の住まう長屋を見張っていました。南町の伊沢殿が訪れてここへ連れてくるまで、ずっと尾行《つけ》てきました。お奉行様と塩梅屋の主とは、浅からぬ絆でつながっていると推察していたのです。お奉行様の命にて必ず動くと――」

――全く気がつかなかった。持病を装った息切れやよろよろした足どりは偽りだったの

か――

季蔵は唖然《あぜん》としつつ不覚を恥じた。

「それがし、長きに亘る息子捜しで、その場その場で如何様《いかよう》にも様子を変えることができるようになりました」

岡村は目を細めて笑った。

「倅秀太郎の行方はわかったのか？」

烏谷は岡村の息子の名を覚えていた。

「ここに」

岡村はさっと俊敏に動いて大八車の舵取《かじと》り棒にしがみついた。

「この骸が秀太郎だという証を摑んだのか？」

烏谷は感情の籠もらない淡々とした物言いで続けている。

「それは今、お奉行がおっしゃいました。十七年前に行方をくらました亥の子饅頭売りの仕業です。息子のことで自分を責めて生きる気力を失い、自害した妻が秀太郎は亥の子饅頭売りの声を聞いた後、いなくなったと申しておりました。間違いございません。それと――」

言いかけて岡村は躊躇《ちゅうちょ》した。

「かまわぬ、先を申せ」

「あの亥の子饅頭売りが悪党の仲間だという証もあるのです」

「ほう、どんな証だ？」

「息子を捜して捜して、どんな手掛かりでも欲しい、雲を掴むような話、一本の藁でもいいと日々足を棒にいたしました。その頃は日に十六里（約六十四キロ）、早足の若い旅人以上に歩きました。そしてやっと一件、物乞《ものご》いの一言を得ました。亥の子饅頭売りが、当時南町奉行所筆頭同心だった長田精兵衛《おさだせいべえ》の屋敷の裏木戸から、中に入っていくのを見たというのです。あの頃の長田なら人を匿《かくま》うことなど造作もなかったはずです」

「ようは長田精兵衛は奉行所役人でありながら、人掠《ひとさら》いの黒幕だったというのだな」

「はい」

「そうか」

「たとえ息子が悪事を働いたとしても、それは掠われた後、徹底的に悪事を仕込まれたからです。罪にはなりません、生まれついての悪人や罪人にはしてほしくありません。血のつながった親なら、鈴ヶ森などで真の悪人、罪人たちと一緒の塚に入れることなどできはしません。そんなことをしたら、あの世で妻に叱られてしまいます。ですので、このまま行かせていただきます」

きっぱりと言い切った岡村は舵取り棒を握った。烏谷は無言を続け、その後ろ姿が木戸の向こうへと消えると、結び目を緩めて被っていた手拭いを取り去り、季蔵も倣った。

「岡村儀右衛門はあの骸を妻と一緒の墓所に葬るつもりだろう。鈴ヶ森ではないが、あやつの心情を察して咎め立てはせぬつもりだ」

洩らした烏谷は季蔵に背を向けた。

「お奉行様」

季蔵は声を張った。

烏谷は歩みを止めたが振り返ろうとはしない。

「あの骸の主はたとえ生きていても、奉行所内の地下牢にいたのですから、お玉さんを殺し清州さんの腕を斬り落とし、子らを連れ去ることなどできはしません。岡村様のおっしゃったように、黒幕は長田精兵衛と関わりのある者なのかもしれません。田端様を襲った刺客の侍たちも仲間に違いありません。是非とも、調べを続けさせてください」

――そうしなければ何より、お玉さんの供養にならない――

「お願いです」

季蔵は食い下がったが烏谷は無言のまま歩き出して奉行所の中へと消えた。

――これは全てお奉行の書いた筋書きだ。若い男が自ら死んだ時、お奉行は意気消沈してこの一件を終わらせる算段をしたのだ。理由はおそらく、岡村様のおっしゃった通り、十七年前の亥の子饅頭売りと長田精兵衛が悪事で結託していたからだろう。南町奉行所はお奉行自身が束ねていないとはいえ、北町と同じ仲間うちだ。お奉行がこのような筋書きを書いたのは、お上の威光に傷がつくことを怖れてのことなのだろう。岡村様が息子捜しに明け暮れてきていたことは、奉行所に関わる者なら周知のはず。となると、お奉行の筋書きには、岡村様がさっきのようなやり方で、我が子と信じる若者の骸を奪い、ご自身はこれを見て見ぬふりで許して恩情を装うことまで勘定に入っていたのかもしれない。骸を鈴ヶ森などへ運ぶ気など端《はな》っから無かった――。如何にもあの食えないお奉行らしい決着の付け方だが――

何とも、靄《もや》付いた感情で胸の辺りが重くなるのを季蔵は感じた。

――華応寺の住職順円の他に、ここでまだ何か見落としてることはなかろうか？――

はたと思い当たった季蔵は烏谷が借りているもう一軒の家へと走った。お玉の骸が運び込まれていた場所でもあった。

――南町の筆頭同心を務めた者が大悪党だったとしたら、南町の公の覚え書きには一切触れられていないはずだ。だが、あそこには何かあるかもしれない。蔵之進様の今は亡き養父真右衛門《しんえもん》様なら何か遺されているかもしれない。それを蔵之進様が見つけたら、あそこに隠すだろう――

思った通り、家に入ってすぐの棚の上に鍵《かぎ》があり、以下の文が添えられていた。

いずれここへ来るだろうと思い用意しておく。この鍵は奥の簞笥《たんす》の鍵だ。お奉行も岡村殿もなかなかの役者ゆえ、一筋縄ではいかぬと思い、このような手間をかけた。長田精兵衛はとうの昔に死んでいる。だが、長田が蒔《ま》いた悪の種は育ち続けてきた。わたしも養父同様、悪への追及の手は、たとえ、政に不利益があろうとも、片時も緩めるべきではないと思っている。後はよろしく頼む。

蔵之進
季蔵殿

鍵を使って箪笥の観音扉を開けると、引き出しが外され、書物がうずたかく積まれていた。真右衛門の日記だった。日記は下から上へと年代順に積まれていて、いくつかの帖《じょう》のところどころの葉《よう》（ページ）にこよりが挟まれていた。

季蔵は真右衛門が長田精兵衛について疑念を抱いた時から始まって、確信に到るまでの葉を読んでいった。

長田の悪事、悪徳にまみれた人生に終わりが訪れた天下祭りの日の記述は以下であった。

長田精兵衛と倅純之介《じゅんのすけ》、長田の孫に当たる赤子の乳母が何者かに斬《き》り殺された。家督を継いでいる純之介の妻は、産後の肥立ちが悪く一月前に亡くなっていた。

赤子の男子の骸は、どこを探しても見当たらなかった。連れ去られたものと見做される。

長田精兵衛と純之介は流行病《はやりやまい》で急死したものとされた。

純之介は女漁《あさ》りが過ぎて、素人娘にまで罪過を及ぼすので不出来、不肖の息子とされてきていた。

片や高潔な正義漢ながら、時に裁きには情けもかける今大岡越前《おおおかえちぜん》と称され、晩年は好々爺《こうこうや》の様相の長田当人こそ、今までわたしが調べをしてきて、市中の闇《やみ》の担い手であることは間違いなかった。筆頭同心の長田なら、どんな悪事を見逃すことも、悪人たちと謀《はか》って悪事を働くこともできたからである。

長田が率いていた悪人たちが見えてきていて、もう少しで長田の悪を糺《ただ》せたというのに残念でならない。

長田のこのような終わり方にどれだけの悪人たちがほっと安堵《あんど》しているだろうかと思うと、何やら空恐ろしい気がしてならない。

この先、長田にお上を欺く手口を教わった悪人たちは、どのような悪事を働くのか？悪事というものは一度、たっぷりと悪の肥やしを加えた悪い土に悪い種が播《ま》かれたら最後、必ず猛然と蔓延《はびこ》りだす。

案じられてならない。

折しも、長田親子が無残な最期を遂げた同日、定町廻り同心の岡村儀右衛門の子秀太郎八歳が、今市中で知らぬ者はいない人気の亥の子饅頭売りの売り声を聞いて神隠しに遭っている。

これが新しい悪の芽吹きでないことを祈りたい。

——長田親子が惨殺された事実が糊塗《こと》されたばかりに、亥の子饅頭売りを装い、長田の仲間だった下手人には、子ども掠いの嫌疑があったにもかかわらず、野放しになったまま、十七年が過ぎてしまったのだな。忘れずにこうして日記を付け続けた信念の人、真右衛門様はさぞかし忸怩《じくじ》たる思いで歳月を重ねられたのだろうと、胸中の無念のほどが察せられる——

十一

季蔵はこの後に続くこよりの挟んである葉を読み進んでいった。

ここ何年かの間に娘たちや子どもたちの神隠しが著しく増えている。

盗みや殺しも増えている。我らではなく火盗改めの河岸である、押し込み強盗による殺戮《さつりく》と強奪にしても、火盗の精鋭たちが追っても、下手人が見つからず、永尋《ながたず》ねになることが多い。長田精兵衛の仲間が大手を振って歩いている以上、神隠しと関わりがあるのではないかと思われるが、何の手掛かりもなくその証を立てることはできない。

競争相手の多い大店《おおだな》の主の突然死も増えてきた。殺害する理由のある者たちに揺さぶりをかけてみても、人と居合わせていた等の巧みな言い逃れで躱《かわ》されてしまう。眠るように死ぬという死に薬が出回っていると耳にしたが、いいところまで摑めても、どうしてもその先へと進めず、大元までは突き止めることができない。長田が君臨していた時以上に、悪の手口が巧妙、狡猾《こうかつ》、残虐《ざんぎゃく》になっていくばかりだ。

——真右衛門様の嘆息が聞こえてくるかのようだ——

季蔵も知らずとため息をついたが、次を読んで息を止めた。


深い闇の中で溺れかけているに等しい、己を藁と見立てた話を書き留めておく。

鴨料理は懐具合と相談しつつ、年に何回か食している。特に秋から冬にかけての鴨は美味いので外せない。鴨料理の老舗《しにせ》で知られている鴨一番《かもいちばん》に立ち寄った時のことだった。女将がこんな話をしてくれた。

〝うちでは奥多摩《おくたま》の真鴨を使っているのですが、届けてくれるのは滝川《たきがわ》村の寛吉《かんきち》さんというお年寄りです。その寛吉さんが時々姿を見る二人の子どもたちの話をしてくれて、ある時、その子らから、亥の子饅頭という言葉を聞いたのだそうです。亥の子饅頭、あたしも市中で人気だったのを覚えてますよ。なつかしかったわ。寛吉さんに亥の子饅頭について話したら、そうか、やっぱりって何度も頷いてました。始末な奥多摩の山暮らしじゃ、あの亥の子饅頭みたいな、贅沢に小豆餡を使ったものはないんですって〟

これを聞いたわたしは、寛吉が見知っているという子らについての話を女将から聞きたかったが、寛吉もそれほど親しいわけではないということがわかっただけだった。

となると、奥多摩に住む子らと子どもを掠ったと思われる亥の子饅頭売りを結びつけるものは、亥の子饅頭の一言にすぎない。

奥多摩は上様が鷹狩《たかが》りに使われる鷹の子を守るために幕府領と定められている。藁一本のこれほどの話だけで、幕府領奥多摩への調べの許しなど下りようもないのだが、あえてわたしはそれを乞う文をしたためた——。

季蔵は最後のこよりの箇所を読み終えたが、奥多摩探索についての許可が下りたという一文は記されていなかった。

——もっとも、許しが出ていて、その時真右衛門様が調べていたとしたら、この件は別の展開になっていたのかもしれない。それとあの骸になった若者が、お玉さんのところへぶらさげてきた大ぶりの鴨は首が青く、奥多摩にも渡ってきているであろう真鴨に違いなかった——

季蔵は奥多摩へ行ってみようと決めた。

この夜、季蔵は滔々《とうとう》と昔話を語る瑠璃の夢を見た。不思議にも瑠璃は声だけで姿がなく、お玉が母親で子らは連れ去られた二人の子だった。鬼は男で人ではあったが、鬼の仮面をつけているので誰《だれ》なのかはわからない。

お玉の母親が庄屋の婚礼に手伝いに行って貰い受けた祝儀は、悉《ことごと》く餅ではなく、首が青い真鴨であった。鬼の仮面を付けた男は母親を手に掛けた後、怯《おび》える子らを前に真鴨を捌《さば》きはじめた。

〝鴨も旨いが、そのうちおまえらも美味くなる〟

鬼の面がにやりと笑ったように見えて、

「やめろっ」

自分の大声で季蔵は目を覚ました。

奥多摩へ急ぐために、まずは三吉に文を書いた。


急用でやや遠方まで出かけるゆえ、仕込みはできなくなった。任せるのでよろしく頼む。戻る時はいつになるかわからないので暖簾を掛ける時分になったら、店の方もいつものように――

三吉へ

季蔵

奥多摩へは内藤新宿《ないとうしんじゅく》から青梅《おうめ》街道、別名甲州《こうしゅう》裏街道を十里余り（四十キロ強）であった。季蔵は早足で歩き通したので、昼をだいぶ過ぎて滝川村まで行き着いた。

道行く村人たち何人かに話しかけて、やっと元鳥撃ちで今は隠居の寛吉の家がわかった。家の前に立って周囲をぐるりと見廻した時、群生している銀色の芒《すすき》が見えた。全部ではなかったが、そよりと何本かの芒の穂が揺れたように見えた。

――まさか。風のせいだろう――

「ごめんください」

季蔵はまず名乗り、鴨一番の女将から訊いてきたと告げた。

「ああ、ちょっくら待って――」

寛吉は白い頭を横に振った。

「今は倅たちのこじゅうはんの稗《ひえ》饅頭を作らんといかんで」

こじゅうはんとは農作業の途中で食べて、疲れを癒し力をつけるお八ツのことであった。

「ばあさんが生きてる頃はばあさんの仕事だったんだが、この年齢で煮炊きはつらい」

寛吉はしきりに腰をさすった。稗の入った大鉢を持ち上げようとして、

「痛え」

どしんと尻餅をついた。

「手伝いましょう」

季蔵は相手を板敷に座らせてから、素早く襷《たすき》を掛けた。

「どうするか、拵え方を教えてください」

「あんた、料理屋をやってるって言ったな。だったら、頼めるな」

相手はほっと息をついて、稗饅頭の作り方を教えてくれた。

大鉢の稗を洗い、鍋に塩を入れて、木べらで掻き混ぜながら竈で煮立て、稗が充分に水分を吸って、鍋底が見えるようになったところで、さらにしばらく煮込む。

煮上がったところで、竈から下ろして蒸らし、小麦粉と塩を足して混ぜる。長丸で平た

い饅頭というよりも、大きめの丸い団子に丸め、小麦粉をまぶして油を充たした深鍋で揚げる。

途中、寛吉は、

「悪いなあ」

ふと洩らしてくれて、

「でしたら、稗饅頭を拵えながらお話しさせてください」

季蔵は稗饅頭を作りながら話をしてもらえることとなり、亥の子饅頭と発した子の話を聞くことができた。

「鴨一番の女将さんに話したことは忘れたが、亥の子饅頭とその子らのことならよーく覚えてる。今、あんたに作ってもらってる稗饅頭はここいらの今時分のこじゅうはんには欠かせないんだよ。どうして、今時分かというと、胡桃《くるみ》がたくさん採れる頃だろ。これには胡桃味噌がよく合うんだよ。こっちの方は作り置きがある。これもまたえらく美味くて――えーと、何の話だったかな?」

寛吉は額に人差し指を当てた。

「亥の子饅頭という言葉を発した子らについて、できるだけくわしく思い出してください。二人とも男の子でしたか? それとも――」

「そうだった、そうだったな。ここんとこ、物忘れが酷くて情けない。二人は年齢の離れた兄弟でな、村外れに父親と一緒に住んでいた。先祖代々住んでいたのではない他所者《よそもの》で、父親は結構達者に野良仕事をこなしていたが、変わり者でな、村の衆たちとのつきあいは一切しなかった。そのうちに下の子が鳥や猪を撃てるようになると父親がいなくなった。案じはしたが、上の子が下の子の世話をしていた。食べ物はあったようだ。そうこうしているうちに上の子もいなくなった。下の子一人になっちまった。三日か、五日に一度は必ず鉄砲の音が響くようになった。その子が猟をしているのかと思い、そっと様子をうかがうと、その子が仕留めた獣の肉をがぶがぶと食っていた。下の子は狼《おおかみ》か鬼になってしまったんだ」

「村人を襲うようなことは？」

「無かった」

「二人して亥の子饅頭と言った時の様子は？」

「秋祭りの時だった。珍しく姿を見たんで、呼び止めて、今、あんたに作ってもらってる、ここじゃ、皆がこじゅうはんに食べてる稗饅頭をくれてやろうとしたんだ。ここに住んでるからには二人にも稗饅頭に慣れて欲しかった。するとあの二人は揃って、〝亥の子饅頭じゃない〟と叫んで、俺の差し出した稗饅頭に唾を吐きかけた。五つか六つの下の子まで、子どもとは思えないもの凄い形相だった。忘れられない。実は俺はこれが一番ずっと怖かった。理由がわからず、何でなのかと思い続けて、女手もなく、こんなところまで父子《おやこ》で流れてきたのは、よほど辛い理由があって、子どもたちはちょっくら根性がひねくれたんだと思うようにした。きっと亥の子饅頭は饅頭とは名ばかりで、中身が入ってない稗饅頭なんてもんじゃなく、とびきり美味えもんだったんだろう、だから、癇《かん》に障ってあんなことをしたんだろうってね。相手は他愛のない子どもなんだからといいように考えて、あいつらの鬼のような形相を忘れようとした。だから、きっと鴨一番の女将さんにも挨拶代わりにさらっと話したんだろうよ」

「今もその下の子はこの村にいるのですか？」

「いつからか、あいつは変わってきた。ここから出て、何日も戻らなくなった。今度は今までのうちで一番長い。皆、このまま帰ってこなければいいと思っている。猪や鹿《しか》の身に起きることが、いつ自分たちに起こるかしれないんだから」

「亥の子饅頭という言葉をその子から聞いたのは一度だけ？」

「いんや、あいつを見かけた村の者の話じゃ、亥の子饅頭、亥の子饅頭と繰り返し呻《うめ》いて、頭を抱えていることもあるそうだ。呻き声が泣いてるようにも聞こえるんだとか——」

寛吉はそこで話を止めて悲しげで憂鬱《ゆううつ》そうな目になった。

十二

そこで潮時だと感じた季蔵は、

「お話、ありがとうございました。お礼に御家族にこれを届けさせてください。場所を教えてください」

寛吉の家族たちが働いている、山の斜面の畑まで、出来たての稗饅頭に胡桃味噌を添えて届けることになった。

「そんなにまでしてくれちゃ、有り難いが悪いよ。暮らしが厳しいここいらじゃ、人は死ぬまで山や野良で働くもんだと決まってるんだ。そうしないもんは怠けもんだ。年齢が来た村の男は、しばらくだけ川の魚や山の獣を獲《と》って江戸へ出て売っていいことになってる。けどもこれは遊びだよ、遊び。俺に許された遊びの何年間かはとうに終わってる。身体にもガタが来てて、今は飯作りとか掃除しか役には立たねえ。そいでも働かないよりましだろ？　となると、始終獣を追い回して売って、遊びを飯にしてるだけの大怠けもんのあいつは、やっぱりはみだし者のいけねえ奴だろうが――」

寛吉の話はいくらか混乱してきたが、

「今日は楽をさせてもらったんだから、少しだけだがうちの嫁が拵えた胡桃味噌を持ってってくんな」

律儀な心がけは保たれていた。

季蔵は竹皮代わりの大きな木の葉で包まれた胡桃味噌を土産に貰った。胡桃味噌は殻から取り出した胡桃を擂り粉木で砕き、平たい鉄鍋で乾煎《からい》りした後、赤味噌、砂糖、味醂を加え、弱火でとろんとしてくるまで煉《ね》って仕上げる。

「以前、お父さんにここの鴨をいただいていた市中の者です。なつかしくなって来てみたところ、胡桃味噌の土産までいただいてしまい、こじゅうはんをお届けするのはせめてもの御礼です」

無事役目を果たし終えた季蔵は一路市中への帰路についた。

風が出てきていた。初冬を感じさせる肌に刺さるような寒風の追い風であった。

季蔵はその風に押し出されるようにして前へと進んで走った。

――この風の冷たさは身に沁みるが有り難くもある――

夕刻を過ぎて市中に入った季蔵の行き先はもう決まっていた。

――何とも痛い見落としだった――

華応寺の前に立った。

古刹《こさつ》の格調とは無縁ではあったが、小さな寺にしては真新しさが際立っていて、山門は夜目にも朱の赤さが目立ち、石畳はすっきりと白かった。庭の手入れが行き届いている証に藁で覆われた五葉松は冬支度を終えている。

――寺の裏は墓なのだろうが、きっとたいそうな墓が並んでいることだろう――

華応寺に入った季蔵は本堂ではなく、煌々《こうこう》と灯りの点《つ》いている住職順円の住まっていると思われる部屋へと向かった。

――遅かったか――

すでに廊下には血の匂いが満ちている。

季蔵は血の匂いの大元の前で立ち止まり、障子を開けた。

灯りに照らされて仰向けに倒れている僧衣の男が目に入った。首から夥《おびただ》しい血を流してすでに事切れている。箪笥の引き出しが乱雑に開けられ、積まれていた経典が畳に撒《ま》かれて血に染まっている。

――お玉さん殺しと同じ手口だが、敵には探しものもあったようだ――

季蔵は屈《かが》み込んで死んでいる男の顔に見入った。

――これが奥多摩で子らの父親を装っていた順円、亥の子饅頭売りの子掠いなのだな――

信じがたいことに初老の僧侶順円の死に顔はしごく穏やかだった。安堵の微笑みさえ浮かべている。

――なぜなのだ？――

季蔵は隣りの部屋へと続く襖を開けたとたん驚愕《きようがく》した。

――これは――

幾つもの絵巻が解《ほど》かれて絡まり合っていた。

――敵はこの絵巻にも探しているものがあるかもしれないと思ったのだろう――

絵巻は二種あって、いわゆる地獄の恐ろしさがこれでもか、これでもかと描かれている地獄絵と、

――きっとこれだな――

行事に応じて子らの成長ぶりが描かれた子ども絵巻を見つけた。季蔵はお美代と子らを助けたことがあったので見つけられたのである。この類の子ども絵巻が何点かあった。

――色使いだけではなく、地獄の鬼と無心な子どもの顔とでは描き方を変えてはいるが、

着ているものや草木等の背景の描き方は同じだ。これは一人が描き分けている――

部屋にあったのは絵巻だけではなかった。

座布団が敷かれたそばに墨と硯《すずり》、岩絵の具と筆入れ、描《か》きかけの子ども絵巻が見えた。

部屋の畳の大部分を地獄絵と子ども絵巻が埋め尽くしているというのに、ここだけは少しも荒らされてはいない。

――お玉さんが殺された時、家の中を見たが、清州さんが子らを描いた絵巻さえ見当たらなかった。絵を描く道具さえなく――

季蔵は描きかけの子ども絵巻を見つめた。

――順円が清州さんでもあったということになるのだが――

不可解な想いに囚われたまま、季蔵はさらに奥に進んだ。

――ありきたりだが、誰でもものを隠したくなる場所だ――

奥は書庫になっていたが、そこもまた荒らし放題に荒らされていた。

――誰かいる――

季蔵は寺の澱《よど》みの中に気配を感じ続けていた。

――やはり、そうだったのか――

奥多摩の寛吉の家の前で不自然に揺れていた芒の穂を思い出した。

――敵は何を探し続けているのか？　残るは蔵だな――

寺の外へ出て蔵へと歩いた。

当然気配も付いてきた。

蔵の暗がりの中へと入った。油の臭《にお》いが漂っている。

――探しものは灯りがなくてはできないだろうから――

闇にはそこそこ慣れている自負はあった。後方の気配にも気を配っている。しかし、前方に感じられるはずの気配が全く感じられない。

――敵はこちら以上に闇に慣れているということか――

季蔵は総毛立った。

その刹那《せつな》、気配もなく匕首《あいくち》が閃いて季蔵の首元に降りかかり、後方の気配がどんと体当たりしてきて季蔵を押しのけた。

濃密な血の匂いが広がっていく。

さらにまた後方で違う気配がして、突然、蔵の闇が手燭で照らし出され、烏谷と松次の姿が見えた。

蔵の土間の血溜《ちだ》まりの中で、二人の男が刺し違えようとしているかのような形でいる。

岡村儀右衛門は脇差しを相手の腹に食い込ませつつ、強く抱き寄せて、

「秀太郎よ、やっとこれで清州などという絵師を装うこともなくなった。元の秀太郎に戻って二人してあの世に行ける。母上に会える。また、三人で仲良く暮らせるぞ」

満足そうに微笑んでいたが、もう一人の方は血の付いた匕首を手にしたまま、

「な、なに言ってんだよ、こ、こんな奴、知らねえぞ、し、死にたくない、誰か、た、助

けてくれえ――」

必死の形相で抗《あらが》った。

しかし、岡村は決して相手を放そうとはせず、脇差しで抉《えぐ》る手も緩めず、ついに絶命したのを見届けると、

「倅がすっかりお騒がせいたしました。申しわけございません、この通りです」

烏谷に向けて詫びを言い、頭を垂れて息を引き取った。

華応寺の三体の骸は秘密裏に埋葬された。岡村父子の骸は菩提寺《ぼだいじ》に運ばれた。岡村家の墓には長田精兵衛の孫にあたる平馬《へいま》の骸が、あの時大八車を曳《ひ》いて行った岡村の手で先に供養されていた。

岡村は何一つ書き遺さなかったので、結局そのままになった。

――岡村様は実はずっと前から、調べに調べていて、同様に調べていた真右衛門様とも話され、十七年前の天下祭りの日、我が子と共に掠われた子が赤子であったことを知っていたのではないか？　年頃を考え合わせればお絹を殺した男はその赤子の長じた姿であり、秀太郎ではあり得ないこともきっと承知していたはず。わたしを尾行て奥多摩の寛吉さんの話を聞いたのは事実を確かめるためだけだったのだ。岡村様の心の中ではその赤子も共に我が子のように思えていたのでは？　いや、我が子が筋金入りの悪党に育てられたのではないかという疑いを抱いた時、操る側ではなく、せめて、操られる側であってほしいと

いう想いも強かったはずだ。そして、我が子も悪に染まりきっていて、いたいけな赤子を思い通りに育てて悪行を犯させる片棒を担いでいたとわかると、せめても、自分の家の墓に葬り、我が子に代わって償おうとしたのだろう——

順円は寺の裏に葬られた。

この順円について、寺社奉行の許しを得て華応寺をくまなく調べて後、塩梅屋を訪れた烏谷は以下のように語り始めた。

「長田精兵衛が市中の闇を仕切っていた当時、上方から流れてきた盗賊が捕まり、頭以下全員が首を刎《は》ねられたはずだったが、刑死せずに生き残った者がいた。もちろん、これは長田とそやつが仕組んだことで、これで長田は手柄を上げ、そやつは闇への君臨が夢ではなくなった。ただし、どんな奴かは長い間皆目見当がつかなかったが、子を掠って我が子として自分を崇めさせ、命を賭けてくれる手下を育てて増やしているのだと、ある筋からちらと耳にした。消えた亥の子饅頭売りが、そやつだったのではないかと思い始めて調べていた矢先のことだった。そやつは坊主崩れで、経が達者に上げられて絵が上手いということもわかった。それゆえ、突然江戸に現れて華応寺を建てて以来、短い間に多くの檀家を持った順円には当初から疑いを持ってはいた。だが華応寺の檀家は大店の商人が多く、御重職の方々にも金を貸し付けているので、そのこともあってなかなか調べを進めることができなかった。絵師の安芸川《あきかわ》清州が時折、夜更けて出入りしていたが、清州は順円のもとで、豊かな檀家の子らを絵巻に描いているのだとすれば、しごく当然のことでもあった。

こちらは岡村に見張られていると知りつつ、岡村の動きを見張るしかなかった。

そちが奥多摩にまで足を向けたのには驚いたが、岡村の後から尾行て行った」

「よく寺社奉行様が調べをお許しになりましたね」

「あれを覚えているはずだ」

あれとは秀太郎が探し当てて死ぬまで離さなかった物で、見つけた烏谷は当人の骸から剝ぎ取るようにして奪い取ると素早く片袖に隠してしまっていた。

「血が乾いて表紙が黒ずんでいる日記でした」

「わかっているはずだ、惚《とぼ》けるでない」

烏谷の声音が跳ね上がり、

「およそは――」

季蔵は声を低めた。

「あれは順円が関わってきたさまざまな悪事の証だ。長田の代からのものに書き加えてきた、賄賂《わいろ》、収賄の類はもとより、殺し、強奪、人掠い、禁制品の入荷、死に薬の販路等の覚え書きで、悪事の依頼人や共謀者の名も書かれていた。あれさえあればあの虎翁《とらおう》と江戸の闇の頂点を争うこともできただろう。かつて順円はそのために長田を殺して奪った。秀太郎が順円を殺してまで欲しがっても不思議はない」

虎翁とはかつて江戸の裏社会を束ねていた大黒幕であった。

「お奉行様はあれの始末と引き替えに華応寺の調べの許しを得たのですね」

「あれを公にするつもりはもとよりなかった。あれが白日の下《もと》に晒されればお上はほとんどの大店を取り潰すことになる。たちまち金の流れが止まって、ふるわなくなった商いの実害は下々にまで及んで、粥さえも啜れなくなり、盗み等の悪事を犯すか、死ぬしかなくなる者がどっと増えるゆえな」

「華応寺からはあれの他に何か出てきましたか？」

「おかげで順円の部屋の床下から片腕のない骸が出てきた。右腕が斬り落とされていた。そして、骸の着物がお玉のところにあった片腕の近くに落ちていた血に染まった片袖と同じ柄であった。骸は遺っていた着物や根付けが決め手となって、お玉殺しの少し前から神隠しに遭っていた絵師見習いの若い男のものだとわかった。ささやかではあるが、これで市井の悪事を一つ糺すことができた。人は見かけによらぬものとして、瓦版屋《かわらばんや》が大騒ぎし、元盗賊の仲間だった順円のぞっと身の毛もよだつような悪行を書き立てることだろう」

烏谷はほおっと大きく息をついて、

「今日は心ゆくまで飲みたい」

鴨煎餅、鴨のぱりぱりを肴に盃を傾けた。

「こういう物をまさに不思議な美味さと言うのであろうな」

烏谷の両頬は緩み続けた。

——これで悪事は全て順円に被せられ、あの獣のようだった若者の平馬も、絵師清州を装っていた秀太郎もいなかったことになるのだろうが——

季蔵は順円の不思議な微笑みと死に顔を忘れてはいなかった。

——順円が亥の子饅頭売りになって子らを掠った目的は、決して裏切らない子分を育てることだった。この時の順円は悪の権化でまさに地獄の鬼さながらであったろう。けれども、殺される間際まで、檀家の子らへの子ども絵巻を描き続けていた順円は、老いつつ、自身の犯した悪事さえ忘れていたのでは？

一方、平馬と二人で〝亥の子饅頭じゃない〟と言って稗饅頭に唾を吐きかけた時の秀太郎は、このような目に遭わせた順円への憎み、恨みをも吐き出していて、いつかきっという思いもあって、虎視《こし》眈々《たんたん》と取ってかわる機会を狙《ねら》っていたのではないかと思う。順円殺しは言うに及ばず、一緒に悪に染まって育った獣のような若者が力ではとても手に負えなくなったので、おちゃっぴいを殺させて、清州は自分が捕まり、後で若者が下手人だとわかるように仕組み、刑死させ、自分は晴れてお解き放ちになるよう企てた。もう清州役から降りたかったのだろう。それで、絵師見習いの若者を、利き手を無くした清州としてこの世から葬り去り、お玉を口封じに殺し、子どもらを連れ去ったのは間違いない。平馬を獣の若者に育てながら、亥の子饅頭を食べればすぐに死ななければならないと思い込ませたのも、秀太郎があの奥多摩の暮らしの中で叩き込まれた呪文《じゅもん》だったはずだ。それでいて、順円が絵巻を描いていた場所だけは荒らさずにいたのは、そこに目当ての日記がないとわかっていたせいもあるが、子らを描く順円に多少の父親の情を感じていたのかもしれない。ともあれ、これも岡村様の望みであったのだろうが、安芸川清州こと秀太郎は、自ら手を下した悪事について何一つ語らずに逝った。本能と指図だけで生きて、自分が何者なのか、とうとうわからずに死んだ長田平馬と同様に——

季蔵は哀れすぎると一言では片付けられないやりきれなさを感じた。

今年もあと残り少なくなってきた。

塩梅屋では師走《しわす》賄いに鴨のぱりぱりと鶏のかりかりを用意することになった。

「鴨は皮だし、鶏のささ身は残ることが多いから只にしてくれるってさ」

三吉の知り合いの鶏屋の厚意ゆえであった。

田端は鶏のかりかりの効能もあってか、めきめきと恢復して奉行所への復帰は年明けと決まった。

烏谷からの提案でお玉一家は清州がさる大名家のお抱え絵師となって、国許でのお役目を果たすため、遠くへ旅立った、とお美代に報された。

お玉は清州こと秀太郎と出遭って以来、ずっと殺されるまで利用され続けてきたわけで、烏谷はその事実をお美代に告げるのは身体に障ると考えたのである。これには季蔵も同じ思いだった。

——お玉さんは果たしてあの子らが清州の子だと信じて世話をしていたのだろうか？　知らず、知らずではあっても、お玉さんも悪に染まらずにはいられなかったはずだ。そんなお玉さんの素顔もそれゆえの悲劇もお美代さんは知りたくなどないだろう——

また、どこぞの家中の者達に田端は襲われたかのようだったが、調べを進めるうちに、八人はいずれも、口入屋を通して何者かが集めさせた手練ればかりだとわかった。何者かとは秀太郎なのだろうが、これもまた順円の仕業とされた。

これを聞いた田端は、

「そうだったのか」

明るい声で応じたという。

伝えに行った松次は季蔵にこう洩らした。

「田端の旦那にとっちゃあ、どっかの田舎侍相手じゃなかったのが救いなのかもしんねえな。それから、鶏のかりかりはいいが、鴨のぱりぱりの方はまだちょっと旦那には早いよ、あれは酒に合いすぎるから。せめて年が明けてからにしてくれ」

辛いことの多い時を過ごしたが、朗報はあった。お玉の家から連れ去られた子らが各々、上方の人買いの手によって船に乗せられる寸前に見つかり、何年かぶりに親元に帰された。

――殺されていなくてよかった。子らはまだ実の親に馴染みがなく、戸惑って縮こまっているというが、そのうち、親の愛に育まれていたことやぬくもりを思い出し、きっと元の絆を取り戻すことができるはずだ。

それにしてもあの子らも、まかり間違えば秀太郎や平馬のような目に遭っていたかもしれず、助けられてほんとうによかった――

季蔵の心は久々に晴れた。

──そうだ、師走賄いで忙しくなる前に。瑠璃も田端様同様、江戸患いが案じられる体《た》質《ち》ゆえ──

季蔵は鴨のぱりぱりと鶏のかりかりを瑠璃の元へ届けた。

瑠璃は起きていて無心に水仙と梅の紙花を拵えていた。

鴨と鶏の煎餅はみゃお、みゃおといつになく季蔵に甘えかかる虎吉《とらきち》の大好物とわかった。それでも、瑠璃が割って与えるまで辛抱強く虎吉は待っていた。

一人と一匹がぱりぱり、かりかりといい音を立てて食べ終えると、みゃおうと虎吉はひときわ声を張り、

「ありがとう」

「ありがとう」

瑠璃は季蔵をみつめて微笑んだ。

思わず返した季蔵は目頭が熱くなった。

──こうして会える、微笑んでくれる。それだけでも充分、うれしい、ありがたいことなのだ、当たり前などではないのだ──

お涼が煎茶を淹《い》れて部屋へと入ってきて、瑠璃が昔話をぱたりとしなくなり、元気が出てきてよかったと告げ、

「お弟子さんに昔話が好きな人がいて、瑠璃さんの語ってた話、聞いたことがあるかどうか話してみたんです。そうしたら、〝たしかに似た話はある、でも、最後で子らは両親の

待つ天に昇れるのよ、おっかさんだけじゃなく、おとっつぁんも待ってたはずよ〃って。どうして、瑠璃さんの話から父親が抜けてたんでしょうね」

首を傾《かし》げた。

――それは父親こそ鬼だったからだ、順円も秀太郎の清州も父親を装っていた――。まさか、瑠璃はそれを伝えようとしていた？　そのような力がある？――

はっとして固まりかけた季蔵だったが、

――特別な力など無くていい。今のままで元気にさえしてくれたらそれだけでいい――

込み上げてくるものを堪《こら》えつつ瑠璃を見守り続けた。

〈参考文献〉

『日本の食文化史年表』 江原絢子・東四柳祥子共編 （吉川弘文館）
『図説江戸時代食生活事典』 日本風俗史学会編 編集代表 篠田統・川上行蔵 （雄山閣出版）
『聞き書 東京の食事』「日本の食生活全集13」 渡辺善次郎他編 （農山漁村文化協会）
『江戸の絵師「暮らしと稼ぎ」』 安村敏信著 （小学館）

本書は、時代小説文庫（ハルキ文庫）の書き下ろし作品です。